Fear Street Geisterstunde

Hilfe, Poltergeister!

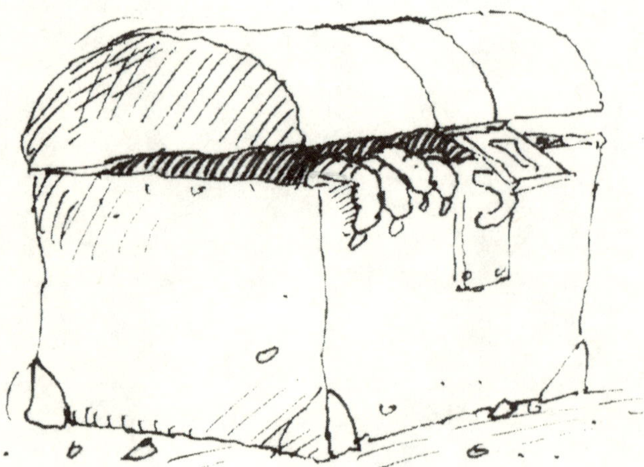

FEAR STREET GEISTERSTUNDE

HILFE, POLTERGEISTER!

Aus dem Amerikanischen
übersetzt von Johanna Ellsworth

Loewe

Die Deutsche Bibliothek – CIP-Einheitsaufnahme

Stine, Robert L.:
Fear-street-Geisterstunde / R. L. Stine.
– Bindlach : Loewe
Hilfe, Poltergeister! / aus dem Amerikan.
übers. von Johanna Ellsworth.
– 1. Aufl.. – 2002
ISBN 3-7855-4419-7

Der Umwelt zuliebe ist dieses Buch
auf chlorfrei gebleichtem Papier gedruckt.

ISBN 3-7855-4419-7 – 1. Auflage 2002

Titel der Originalausgabe: House of a Thousand Screams
Erzählt von P. MacFearson

Aus dem Amerikanischen übersetzt von Johanna Ellsworth
Umschlagillustration: Jan Birck
Gesamtherstellung: GGP Media, Pößneck
Printed in Germany

www.loewe-verlag.de

Kapitel 1

„Etwas Grauenhaftes wird passieren." Die Stimme war direkt hinter mir. Unwillkürlich zuckte meine Hand und stieß die Fläschchen und Dosen um, die ich gerade auf meiner Kommode aufgereiht hatte. Ich drehte mich wütend um.

Natürlich – es war mein kleiner Bruder Freddy.

„Du Vollidiot!", fuhr ich ihn an. „Du darfst dich nicht so anschleichen. Sieh dir das an! Du hast mich so erschreckt, dass ich das ganze Puder auf der Kommode verschüttet habe." Ich versetzte ihm einen Stoß an die Schulter.

„Aua!", heulte er. „Was soll das, Jill?"

Sofort bereute ich, was ich getan hatte. Für einen kleinen Bruder ist Freddy gar nicht so übel. Er ist sehr intelligent. Manchmal nenne ich ihn Superhirn. Er kann einen zwar ganz schön nerven, aber er meint es nicht so.

Fast hätte ich mich bei ihm entschuldigt, aber schließlich bin ich seine große Schwester. Und er weiß genau, dass er anklopfen soll.

„Wenn du mich nochmal so erschreckst, dann kannst du was erleben ...", drohte ich. Dann wandte ich mich um und widmete mich wieder dem Auspacken. „Was machst du überhaupt hier? Du kannst doch unmöglich schon mit deinem Zimmer fertig sein."

„Bin ich aber, bin ich aber", sagte er und hüpfte auf mein Bett. „Wenigstens fast. Aber dann war alles so ... ach, du weißt schon."

„Wie denn?", fragte ich grinsend. „Ungewohnt?"

Freddy blieb ernst. „Nein – unheimlich."

Ich sagte nichts dazu, aber ich wusste genau, was er damit meinte. Wir waren gerade in die Stadt gezogen, von der unsere Verwandten nur im Flüsterton sprachen. Shadyside. Und wir waren nicht bloß nach Shadyside gezogen – wir waren ausgerechnet in der Fear Street gelandet.

Der Grund war Onkel Solly. Na ja, eigentlich war er unser Großonkel gewesen, um genau zu sein; der Bruder unserer Großmutter väterlicherseits. Als er vor einiger Zeit starb, vermachte er sein Haus in der Fear Street unserem Dad.

Dad hatte immer davon geträumt, nach Shadyside zurückzuziehen; hier war er aufgewachsen. Und Mum hatte sich schon immer ein richtiges Haus gewünscht. Deswegen hatte Dad sich von seiner Firma hierher versetzen lassen. Und dann haben wir alles zusammengepackt und sind nach Shadyside gezogen. Einfach so.

Freddy und ich hatten wegen des Umzugs ein ungutes Gefühl. Shadyside bedeutete eine große

Veränderung für uns. Wie würde unsere neue Schule sein? Ob die anderen Kinder nett waren? Oder würden sie sich über unseren texanischen Dialekt lustig machen?

Und vor allem: Würden wir uns je daran gewöhnen, in der Fear Street zu wohnen?

Mir fielen die Umzugsleute vom Vormittag wieder ein. Ich hatte noch nie Männer gesehen, die bei der Arbeit so schnell waren wie sie. In Texas hatten sie zwei Stunden gebraucht, um unsere Sachen einzuladen. Aber sobald wir in der Fear Street angekommen waren, hatten sie innerhalb von zwanzig Minuten alles ausgeladen.

Freddys Gesicht wirkte ernst. Ich setzte mich neben ihn aufs Bett. „Hör zu, Blödian, dieses ganze Zeug über Gespenster und Monster in der Fear Street ist dummes Gerede", sagte ich. „Solche Spukgeschichten gibt es überall. Ich wette, viele Leute leben seit Jahren in der Fear Street und haben noch nie was Unheimliches erlebt."

„Glaubst du wirklich?" Er legte den Kopf schräg und sah mich mit großen Augen an.

Ich musste lachen. Mit seinem runden Gesicht und seinen grünen Augen, die hinter den dicken Brillengläsern riesengroß sind, wirkt mein kleiner Bruder wie eine Eule.

Ich wiederum sehe eher aus wie ein Storch. Ich bin groß und dünn, habe glattes braunes Haar und braune Augen. Dad sagt immer, dass ich noch in meine langen Beine hineinwachsen muss. Ich kann es kaum erwarten.

„Das ist nicht lustig“, murrte Freddy.

„Entschuldige.“ Ich gab ihm einen freundlichen Klaps auf die Schulter. „Vergiss nicht, dies war Onkel Sollys Haus. Den hast du doch lieb gehabt. Er hat dir immer Zaubertricks gezeigt.“

„Ja, der war echt okay.“ Freddy betrachtete seine Beine, die vom Bett herunterbaumelten.

Onkel Solly war ein Zauberer gewesen. Nicht bloß jemand, der sich für Zauberkunststücke interessierte. Nein, Onkel Solly war berühmt gewesen. Er reiste in der ganzen Welt herum – ein richtiger Star! Aber zu uns war er immer freundlich und gütig. Auch wenn er manchmal ein bisschen komisch sein konnte.

Durch Onkel Solly war auch Freddy zur Zauberei gekommen. Onkel Solly gab überall damit an, wie sehr Freddy ihm ähnelte. Er hatte sogar dafür gesorgt, dass Freddy in die *Internationale Brüderschaft der Zauberer* aufgenommen wurde.

Freddy grinste mich an. „Weißt du noch, wie oft Mum gesagt hat, Onkel Solly sei zu großzügig, und wie er dann immer geantwortet hat ...“

„... man muss für die kleinen Leute sorgen, dann hat man für sein eigenes Leben gesorgt“, ergänzte ich mit tiefer Stimme. Freddy und ich ließen uns kichernd auf meinem Bett nach hinten fallen, als wir uns daran erinnerten.

Ich setzte mich wieder auf. „Sogar als ich ihn beim letzten Mal gesehen habe, hat er das gesagt“, fiel mir ein. „Aus heiterem Himmel sagte er: ‚Vergiss niemals die kleinen Leute, Jill. Freunde dich mit den kleinen Leuten an, dann kann dir nichts passieren.‘ Ich habe geantwortet, dass ich zu kleinen Kindern immer nett bin. Da hat er so ein komisches Gesicht gemacht und gemeint: ‚Ach ja. Die auch.‘“

„Er hat immer Späße gemacht“, erinnerte Freddy mich.

„Ja, stimmt.“ Ich schlug Freddy auf den Rücken. „Auf alle Fälle hat Onkel Solly viele Jahre hier gewohnt. Und der würde doch nicht an einem unheimlichen Ort leben, oder?“

Freddy saß auf dem Bett und dachte darüber nach. Besorgt beobachtete ich seine Miene. Ich musste ihn unbedingt überzeugen, denn es war unser erstes richtiges Haus, und ich merkte, wie glücklich es meine Mutter machte.

Außerdem war das Haus wirklich toll. Es hatte zwei Stockwerke, einen Dachboden, viele Zimmer, Türen mit schönen, alten Schlössern und einen großen Garten mit vielen Bäumen.

Was machte es schon aus, dass es in der Nachbarschaft ein paar Häuser gab, von denen die Farbe abblätterte? Und dass an der Straße krumme Bäume wuchsen, die manchmal wie Gespenster aussahen? Das war nicht unser Problem.

„Du hast Recht", murmelte Freddy. „*Hoffentlich* hast du Recht." Er betrachtete meine Umzugskartons. „Du musst dich an die Arbeit machen. Es gibt noch viel auszupacken."

Ich stieß ihm den Zeigefinger in die Brust. „Ohne dich wäre ich längst fertig."

„Ha, ha!", sagte er verächtlich. „Wenn ich nicht reingekommen wäre, würdest du immer noch den Typ auf deinem Poster anhimmeln!"

Ich griff nach ihm. Lachend riss er sich los.

„Ach, Joey!", quiekte er. „Ich liebe dich!"

Grinsend stürzte ich mich auf ihn, und wir wälzten uns auf dem Boden.

„Nimm das zurück!", befahl ich. Dann packte ich seinen Arm, drehte ihn nach hinten und hielt ihn fest. Er lachte so sehr, dass er keine Kraft hatte, sich loszureißen.

Plötzlich krachte es. Der Boden bebte. Es klang, als hätte jemand einen Elefanten von der Decke fallen lassen.

Sofort ließ ich Freddy los, und wir starrten uns geschockt an. Ich sah mich im Zimmer um. Es sah genauso aus wie vorher.

„Waren *wir* das?", fragte Freddy.

Noch bevor ich antworten konnte, ertönten in meinem Zimmer seltsame Geräusche. In allen Ecken hämmerte und klopfte es. Zuerst kam der Lärm aus der Wand, vor der wir standen, dann war er hinter uns.

„Was ist das?“, rief ich. „Was ist hier los?“

Freddy zeigte mit zitternder Hand auf einen Punkt. Mein Blick folgte ihm. Dann riss ich erschrocken die Augen auf.

Meine große, schwere Lampe, die bis dahin friedlich auf ihrem Platz gestanden hatte, tanzte plötzlich wie wild auf der Kommode herum! Ihre Unterseite schlug hart gegen das Holz.

Ich sprang auf. „Ein Erdbeben!“, schrie ich.

„Und warum bewegt sich dann sonst nichts?“, fragte Freddy mit dünner, hoher Stimme.

Bevor ich antworten konnte, schaltete die Lampe sich ein und aus. Immer wieder. Der beißende Geruch von angeschmortem Kabel stieg mir in die Nase. Ich packte Freddy und wollte ihn auf den Flur schieben.

Doch da schlug krachend meine Zimmertür zu.

Plötzlich hörte das Klopfen auf. Wir drehten uns um und lehnten uns gegen die Tür. Und da sahen wir es: Die Lampe schwebte langsam über der Kommode in die Luft.

Dann schoss sie quer durch das Zimmer – direkt auf mich zu!

Kapitel 2

Schreiend warfen Freddy und ich uns auf den Boden. Die Lampe zerschellte an der Tür hinter uns, und Glas und Keramikscherben flogen durch die Luft. Wir blieben einen Augenblick regungslos liegen.

Schließlich stand ich auf und schüttelte die Scherben aus meinem Haar.

„Wow!“, sagte Freddy. „Das war aber knapp!“

Schritte polterten die Treppe herauf. Meine Zimmertür wurde aufgerissen und hätte mich beinahe am Kopf erwischt. Mum stand im Türrahmen und riss erschrocken die Augen auf, als sie den kaputten Lampenschirm und die Scherben auf dem Boden sah.

„Nun seht euch das Chaos an!“, schimpfte sie. „Ich hab euch doch gesagt, ihr dürft nicht so wild sein!“

„Mum, wir waren das nicht –“, fing ich an zu erklären.

„Ach, Jill, ich hab doch gehört, dass ihr hier oben herumgetobt habt!“

„Aber es stimmt, Mum“, bekräftigte Freddy. „Wir haben nichts getan. Da war plötzlich so ein lautes Geräusch, und dann ...“

„... und dann ist die Lampe wie von Zauberhand quer durch das Zimmer geflogen, nehme ich an", sagte Mum.

„Ja ... na ja." Freddy wurde rot, als er merkte, wie lächerlich die Geschichte klang.

Mum wirkte verärgert. „Vielleicht bin ich ein bisschen naiv, aber *so* naiv bin ich auch wieder nicht!"

„Aber –", protestierte ich.

„Kein Aber, Jill", sagte Mum streng. „Ich will, dass ihr die Bescherung wegräumt. Und ein Teil von dem, was die Lampe gekostet hat, müsst ihr von eurem Taschengeld bezahlen."

„Ach, Mum", stöhnte Freddy und sah mich Hilfe suchend an.

Ich wusste, es war sinnlos, sich mit Mum herumzustreiten. Sie würde uns nie glauben. Ich war noch nicht mal sicher, ob ich selbst glauben konnte, was geschehen war. Dabei hatte ich es mit eigenen Augen gesehen.

„Es tut uns Leid, Mum", sagte ich nur. „Wir räumen alles weg."

„Das klingt schon besser." Mum lächelte plötzlich. „Ich weiß, dass ihr wegen dem Umzug aufgeregt seid, ich bin ja auch aufgeregt. Die vielen Jahre, in denen wir in engen Mietwohnungen leben mussten." Zärtlich strich sie über die Wand. „Und jetzt haben wir endlich ein richtiges Haus. Ist das nicht herrlich?"

Ich ging mit Mum die Treppe hinunter und holte Kehrschaufel und Besen. Mum ging ins Wohnzimmer zurück, wo sie ihre wertvollen Sammelteller an die Wand hängte. Gott sei Dank war keiner von denen kaputtgegangen. Mum liebt ihre Sammlung über alles.

In meinem Zimmer hatte Freddy schon den Lampenschirm und die größten Scherben aufgehoben. Er brachte sie hinaus in den Mülleimer, während ich den Rest zusammenkehrte.

Als ich endlich fertig war, lehnte ich den Besen an die Wand und betrachtete die Stelle an der Tür, wo die Lampe zerschellt war.

Seltsam. Ich strich mit der Hand über das Türblatt. Es war kein Kratzer in der Farbe zu sehen, keine Delle im Holz. Nichts.

„Es ist, als sei es gar nicht passiert", murmelte ich. Wie war das nur möglich? Meine Lampe musste mindestens fünf Kilo gewogen haben, und sie war mit aller Wucht aufgeprallt. Eigentlich hätte es eine große Delle geben müssen. Und nicht nur eine Delle, ein *Loch*!

Vielleicht war alles bloß ein unerklärlicher Zufall gewesen.

Oder lag es etwa an der Fear Street?

Nein. Ich schüttelte den Kopf. Wenn ich anfing, so etwas auch nur zu denken, würde ich Albträume bekommen.

Ich nahm einen Lappen und ging an meine Kommode. Das Puder, das ich vorhin verschüttet hatte, war immer noch da.

Als ich es wegwischen wollte, hielt ich erstaunt inne. Was waren das für komische Spuren in dem Puder?

Mein Herz setzte aus. Ich wusste, es ergab keinen Sinn. Aber die Spuren auf der Kommode ...

Sie sahen aus wie winzige Fußspuren!

Kapitel 3

Ich rieb mir die Augen und schaute wieder hin.

Sie waren immer noch da. Winzige Fußspuren.

Es konnte nur eine Erklärung dafür geben: Eine Maus musste in meinem Zimmer gewesen sein. Ich verzog das Gesicht. Die Vorstellung, eine Maus als Zimmergefährtin zu haben, gefiel mir gar nicht, aber was sonst hätte diese winzigen Spuren hinterlassen können?

Die Maus musste auch meine Lampe umgeschmissen haben. Ich war erleichtert – jetzt machte alles einen Sinn.

Dann warf ich noch einen Blick auf die Fußspuren. Wieder stiegen Zweifel in mir hoch. Die kleinen Spuren hatten zwar die Größe von Mäusepfoten, aber waren diese wirklich geformt wie Menschenfüße?

Oder zumindest *fast* wie Menschenfüße – mit vier Zehen statt fünf.

Und jetzt, als ich sie näher betrachtete, wirkten die Spuren gar nicht mehr *so* klein.

Ich suchte in einer Kiste nach einer alten Barbiepuppe. Nicht dass ich noch mit Barbiepuppen spielen würde, aber ich werfe nichts weg – Mum sagt immer, ich sei wie ein Hamster.

Ich verglich die Größe von Barbies Füßen mit den Spuren. Die Fußspuren auf meiner Kommode waren ein bisschen kürzer und breiter. Aber sie hatten fast die gleiche Größe. Waren Mäusefüße wirklich so groß?

Oder war es vielleicht eine Ratte?

Ich schauderte bei dem Gedanken und wischte hastig das Puder weg. Möglicherweise waren die Spuren durch die Lampe entstanden, als sie auf der Kommode hin und her wackelte. Und dass sie wie winzige Menschenfüße aussahen, war vielleicht nur ein Zufall.

Aber wie war es dann dazu gekommen, dass die Lampe so wackelte?

Ich packte den Rest meiner Sachen aus und brachte Schaufel und Besen weg. Was immer auch geschehen war, es musste eine logische Erklärung dafür geben. Auf keinen Fall würde ich anfangen, mich vor meinem eigenen Zimmer zu fürchten.

Außerdem gefiel mir mein neues Zimmer. Es war groß und hell, und ich hatte genügend Platz, um Poster aufzuhängen und Freunde einzuladen – natürlich nur unter der Voraussetzung, dass ich neue Freunde finden würde.

Mein Fenster hatte sogar ein breites Fensterbrett, auf dem man bequem sitzen konnte. Durch die Scheibe sah ich die alte Mühle und dahinter den Fluss. In diesem Sommer wollten Freddy und ich herausfinden, ob es in Shadyside leichter war als in Texas, Fische zu fangen.

Seufzend stand ich auf, um die Treppe hinunterzugehen. Im Flur blieb ich stehen und schaute auf die Treppe zum Dachboden hinauf, die hinter dem Schlafzimmer unserer Eltern lag.

Bisher hatte ich diesen unheimlichen Ort gemieden. Wenn wir wirklich Mäuse – oder sogar Ratten – hatten, lebten sie dort.

Und was war, wenn wir keine Mäuse oder Ratten hatten – wenn es etwas anderes war ... *etwas Schlimmeres*?

Ärgerlich schüttelte ich den Kopf. Ich musste mit solchen Gedanken aufhören. Ich wollte nicht darüber nachdenken, ob es vielleicht doch besser gewesen wäre, in Texas zu bleiben. Shadyside war meine neue Heimat.

Aber trotzdem: Dem Dachboden würde ich fernbleiben!

Ich ging hinunter ins Wohnzimmer. Mum war mit dem Aufhängen ihrer Sammelteller fertig. Sie hatte dutzende davon. Jeder einzelne hing in einem Halter fest an der Wand.

Jetzt, als das Wohnzimmer fertig eingerichtet war, sah es toll aus. Gegenüber von Mums Tellersammlung war ein gemauerter Kamin. Daneben stand der Fernsehschrank und davor ein großes, bequemes Sofa. Weiße Bücherregale erstreckten sich über die beiden anderen Wände. Auf dem Kaminsims standen noch mehr Bücher; sie waren alt und wertvoll, und Mum war sehr stolz darauf.

Freddy hockte neben dem Kamin und kramte in einem Karton herum, den er aus dem Schrank neben dem Fernseher gezerrt hatte.

Er sah mich voller Aufregung an. „Sieh dir die mal an! Das sind alte Filmaufnahmen von Onkel Sollys Zaubertricks.“

Ich schaute ihm über die Schulter. In dem Karton stapelten sich kleine, beschriftete Blechdosen. Auf der einen stand *Paris, 1968,* auf einer anderen *Caesar's Palace Casino, Las Vegas, 1969.*

„Schade, dass wir keinen Filmprojektor haben“, bedauerte ich.

„Ha!“, stieß Freddy triumphierend aus und stand auf. Er hielt eine Videokassette in der Hand. „Onkel Solly hat ein paar der Aufnahmen auf Video überspielt. Willst du es sehen?“

„Na klar.“ Wir waren nie bei Onkel Sollys Zaubershow dabei gewesen. Natürlich hatte er uns viel gezeigt. Kleine Kunststücke und Zaubertricks mit den Händen – solche Sachen. Aber in seiner Show hatte er die großen Tricks gebracht, die wirklich atemberaubenden Zaubertricks.

Ich legte die Kassette ins Videogerät ein, während Freddy den Karton wieder in den Schrank schob. Dann machten wir es uns auf dem Sofa gemütlich und legten die Füße auf den Couchtisch.

Onkel Solly wirkte in dem Video viel jünger, als Freddy und ich ihn je gekannt hatten. Aber auch damals war er schon groß und dick gewesen, und sein Cape flatterte hinter ihm her, wenn er auf und ab ging. Auf seiner Nasenspitze balancierte eine Nickelbrille.

Obwohl das Video in Farbe war, gab es keinen Ton dazu. Onkel Sollys Lippen bewegten sich zwar, doch man konnte nicht hören, was er sagte.

Nicht dass das notwendig gewesen wäre. Es genügte, ihn zu sehen. Seine Hände verschwammen auf dem Bildschirm, während sie Karten, Seidenschals und Blumen aus der leeren Luft griffen. Seinen Zauberstab verwandelte er in ein riesiges Tuch. Und aus dem leeren Tuch zauberte er wiederum ein lebendiges Schwein herbei! Ich hatte noch nie einen Zauberer gesehen, der ein echtes Schwein gezaubert hatte.

Die ganze Zeit über schwebte alles Mögliche um Onkel Solly herum: Tische, Stühle, Gläser – sogar ein Freiwilliger aus dem Zuschauerraum. Wie machte er das bloß? Freddy und ich starrten uns die Augen aus, doch wir konnten keine Drähte entdecken. Man sah nur unseren guten, alten Onkel Solly, der gelassen seine Kartentricks und Seilkunststücke vorführte.

Schließlich machte er eine Handbewegung, als würde er ein Lasso schleudern. Wir lachten, als er durch eine unsichtbare Schlinge sprang. Dann tat er so, als würde er das Lasso über seinem Kopf schwingen. Er drehte sich zur Bühnenseite und warf sein Lasso aus. Es sah aus, als würde er einen jungen Ochsen einfangen!

„Pack ihn!“, brüllte Freddy begeistert.

Gebannt starrte ich auf den Bildschirm. Onkel Solly zog an seinem unsichtbaren Lasso, als hätte er einen wilden Stier in der Schlinge. Von der Seite schwebte ein Tisch herein, auf dem eine Schachtel stand. Wir lachten, als der Tisch sich gegen das Fantasie-Seil zu wehren schien. „Wie hat er das gemacht?“, rief ich verblüfft.

Onkel Solly hatte den Tisch, der vor ihm zum Stehen kam, bald unter Kontrolle. Die Kamera schwenkte zum klatschenden Publikum und zurück zu Onkel Solly, der sich lächelnd verbeugte. Auch wir klatschten Beifall. „Eines Tages werde ich so gut sein wie er“, schwor sich Freddy.

Onkel Sollys Lächeln schien etwas nachzulassen, als er sich zur Schachtel umwandte. Die Kamera wurde auf den Tisch gerichtet, und wir konnten die Schachtel deutlich sehen. Ihre Vorderseite war mit hässlichen Masken verziert.

Onkel Solly runzelte die Stirn, und seine Finger bewegten sich unruhig über die Schachtel.

„Wow! Er sieht aus, als würde er sich total konzentrieren", flüsterte Freddy.

„Das ist bloß Teil seines Tricks", erwiderte ich.

Plötzlich sprang der Deckel auf. Ein großes, haariges Monster streckte seinen Kopf heraus.

„Huch!" Spontan zuckte ich zurück.

Das Monster war hässlich. Richtig *ekelhaft*. Als es das Maul aufklappte und wir die triefenden grünlichen Fangzähne sahen, hielten wir den Atem an. Mit seinen langen Klauen packte es den Schachtelrand und zerrte daran. Sein blaues Fell wirkte fettig und verfilzt, und in seinen Augen war ein bösartiges rotes Funkeln.

Onkel Solly schnipste mit den Fingern. Wie hypnotisiert starrte das Monster auf Onkel Sollys Zauberhände.

„Das ist aber eine hässliche Marionette!", murmelte Freddy.

Das war es also, nur eine Marionette! Ich fühlte mich erleichtert. „Wie wird sie bewegt?", wollte ich wissen. „Ich sehe keine Fäden."

Verächtlich verdrehte Freddy die Augen. „Wenn du auch nur das Geringste von Zaubertricks verstehen würdest, dann wüsstest du, dass der Puppenspieler unter dem Tisch sitzt", sagte er in seinem überheblichsten Schlauberger-Ton.

„Ach, wirklich?“, gab ich wütend zurück. „Ich schaue aber gerade unter den Tisch – und da sind bloß Tischbeine.“

„Das ist doch ein Spiegeltrick“, erwiderte Freddy. Als würde das alles erklären.

Auf dem Video hörte Onkel Solly jetzt auf, die Hände in der Luft zu schwenken, und trat einen Schritt zurück.

Dann fing die Marionette an, sich von allein zu bewegen. Um sie herum tauchten aus dem Nichts Bälle und Ringe auf, und die Marionette jonglierte mit ihnen. Erst waren es drei. Dann vier. Dann sieben. Und schließlich neun!

„Das gibt es nicht“, sagte Freddy.

Ich war immer noch sauer auf ihn. „Anscheinend doch“, sagte ich frostig.

Er schüttelte heftig den Kopf. „Nein, das ist wirklich unglaublich! Es sieht aus wie ein echter Zauber! Kein Puppenspieler kann eine Marionette dazu bringen, neun Bälle zu jonglieren.“

„Du weißt bloß nicht, wie es gemacht wird –“

Mitten im Satz stockte ich. Was war das für ein Scharren? Es kam vom Kamin her. Zuerst konnte ich nichts entdecken, alles sah unverändert aus. Doch dann sah ich es. Die Bücher ganz rechts auf dem Kaminsims – hatten sie nicht vorher weiter in der Mitte gestanden? Ich drehte mich zu meinem Bruder um. „Freddy, ich –“

Schwupps!

Ich warf wieder einen Blick auf den Kaminsims. Mein Herz schlug schneller. Jetzt standen die Bücher am *linken* Rand.

Freddy war so in die Zaubershow vertieft, dass er es nicht bemerkte. Die Augen auf die Bücher gerichtet, streckte ich den Arm nach ihm aus. Als ich seine Schulter berührte, schoben sich die Bücher wieder auf die andere Seite.

Schwupps!

Ich bekam Panik. „Freddy", wimmerte ich, „es geht schon wieder los."

Die Bücher fingen an, pausenlos über den Sims zu sausen.

Schwupps! – Schwupps! – Schwupps!

Freddy beugte sich vor und starrte gebannt auf den Fernseher. „Wow, jetzt schluckt die Marionette die Bälle, mit denen sie jongliert hat."

„Vergiss das Video!", krächzte ich. „Sieh dir das an."

Er warf einen Blick auf die Bücher, die sich mit steigender Geschwindigkeit hin und her bewegten. Aus dem Augenwinkel sah ich, wie er mit offenem Mund hinstarrte.

Ganz plötzlich blieben die Bücher mitten auf dem Kaminsims stehen. Wir saßen wie versteinert da und trauten uns nicht, uns zu rühren.

„Ist es vorbei?", flüsterte Freddy.

Irgendetwas brachte mich dazu, zu den Bücherregalen zu schauen, die sich gegenüberstanden.

Ich zuckte zusammen. Die Bücher in den Regalen bewegten sich. Sie hüpften auf und ab und rieben ihre Buchdeckel gegeneinander. Es hörte sich an wie das Flüstern einer Menschenmenge.

„Ich glaube nicht, dass es vorbei ist“, antwortete ich leise.

Das Durcheinander in den Regalen nahm zu. Dutzende von Büchern sprangen immer schneller an ihrem Platz auf und ab. Jetzt klangen sie wie wütende surrende Insekten.

Vor Angst war ich wie gelähmt. Das war doch nicht möglich, das konnte doch nur ein Albtraum sein! Warum tanzten die Bücher in den Regalen? Was würde als Nächstes passieren?

Dann kam mir ein schrecklicher Gedanke.

„Freddy?“, flüsterte ich. „Erinnerst du dich noch an die Lampe?“

„Ja.“ Er klang ängstlich. „Wieso?“

Noch während er das letzte Wort aussprach, sprangen die Bücher aus den Regalen. Sie flogen durch die Luft und schossen direkt auf uns zu.

„Duck dich!“, schrie ich und ließ mich auf den Boden fallen.

KAPITEL 4

Blitzschnell tat Freddy es mir nach. In letzter Sekunde!

Von allen Seiten hagelte es Bücher. Sie stießen über unseren Köpfen in der Luft zusammen. Schwere Buchbände prasselten auf uns herab. „Au!“, rief Freddy. „Aua! Au!“

Der Bücherregen endete beinahe so schnell, wie er begonnen hatte.

Vorsichtig hob ich den Kopf und schaute mich im Zimmer um.

Nichts bewegte sich. Ich hörte, wie über mir eine Tür zugeschlagen wurde, danach Mums schnelle Schritte oben auf dem Flur.

„Oh nein“, stöhnte ich. Überall lagen Bücher herum, das Zimmer sah total verwüstet aus. Was Mum wohl dazu sagen würde?

Freddy stand auf und klopfte sich ab. „Wenigstens ist diesmal nichts zu Bruch gegangen.“

Bei seinen Worten löste sich einer der teuren Sammelteller aus seinem Halter.

Ich schaffte es gerade noch rechtzeitig, aufzuspringen und ihn abzufangen, bevor er den Boden berührte. Ich streckte mich wie ein Tennisspieler und hielt Mums geliebten Teller in der Hand, als sie zur Tür hereinkam.

Entsetzt riss sie die Augen auf und starrte ungläubig auf die Verwüstung.

„Hallo Mum“, sagte ich mit einem schwachen Lächeln.

Im Video jonglierten die Marionette und Onkel Solly gerade stumm mit Büchern, die sie sich quer über die Bühne zuwarfen. Meine Mutter seufzte.

„Wisst ihr nicht, dass man jahrelang üben muss, bis man so jonglieren kann?“, fragte sie und bückte sich, um mir den Sammelteller abzunehmen. Sie stellte ihn wieder in seinen Halter an der Wand. „Und ihr dürft auf keinen Fall im Wohnzimmer üben, wo ihr meine kostbaren Teller kaputtmachen könntet – oder irgendwas anderes.“

Ich richtete mich langsam auf und starrte auf den Bildschirm. Natürlich war mir klar, dass der Gedanke lächerlich war, aber es schien fast so, als wäre das Ganze geplant worden. Geplant, um mich und Freddy als ungehorsam hinzustellen.

Mum hob ein paar Bücher auf. „Und noch was: Fangt jeder mit zwei oder drei Gegenständen an. Stellt euch nicht einfach hin, und werft euch massenhaft Bücher zu.“ Sie hielt ein Buch hoch. „Schaut her: Der Buchdeckel ist ruiniert.“ Sie sah uns an. „Ihr enttäuscht mich. Ich dachte, ihr hättet mehr Achtung vor Büchern.“

„Entschuldige bitte", erwiderte Freddy mit leiser Stimme.

Der fragende Blick, den er mir zuwarf, sagte mir, dass er Mum die Wahrheit sagen wollte. Aber ich schüttelte schweigend den Kopf. Was würde das schon nützen? Es war unser Pech, dass das Ganze ausgerechnet in dem Augenblick passiert war, als im Video mit den Büchern jongliert wurde.

Mum ging zur Tür und drehte sich zu uns um. „Ihr beide räumt jetzt hier auf und bemüht euch – *bemüht euch* –, vor dem Abendessen keine Einrichtungsgegenstände mehr kaputtzumachen."

„In Ordnung", sagte ich niedergeschlagen.

Mum verließ das Zimmer, und wir fingen an aufzuräumen. Nach ein paar Minuten sagte Freddy: „Wir sollten es ihr sagen."

„Wozu? Sie würde uns sowieso nicht glauben", entgegnete ich. „Vor allem, nachdem sie im Video das Kunststück gesehen hat."

„Na, dann müssen wir halt einen Weg finden, wie wir sie dazu bringen, uns zu glauben!", sagte Freddy und sah mich ängstlich an. „Einige von diesen Büchern sind ganz schön schwer. Wir hätten ernsthaft verletzt werden können, Jill."

„Aber wir sind nicht verletzt worden. Wir wissen nicht, was passiert ist, Freddy. Vielleicht sind die Bücher einfach bloß aus den Regalen gefallen."

„Na klar. Bücher fallen doch nicht drei Meter quer durch ein Zimmer, du Trottel!"

Ich hob wieder ein paar Bücher auf. „Woher willst du wissen, dass es keine wissenschaftliche Erklärung dafür gibt? Vielleicht liegt Shadyside in einer Risikozone. Vielleicht war es ein Erdbeben."

„Vielleicht liegt es auch an der Fear Street", gab er zurück.

Das war lächerlich. „Hör zu, Freddy", sagte ich so vernünftig wie möglich, „du hast ja schon die ganze Zeit darauf gewartet, dass was Unheimliches passiert. Das hast du heute früh selbst gesagt, weißt du noch?"

Er nickte widerstrebend.

„Siehst du? Das ist alles. Wir sind beide nervös und haben deshalb aus einer Mücke einen Elefanten gemacht."

„Vielleicht. Aber ich finde immer noch, dass wir es Mum sagen sollten."

Manchmal kann mein kleiner Bruder ganz schön stur sein.

„Komm schon!" Ich stellte das letzte Buch ins Regal zurück und wandte mich zu ihm um. „Kannst du dir vorstellen, dass wir Mum und Dad erzählen, wie die Bücher angefangen haben zu tanzen? Und wie sie aus dem Regal geflogen sind und versucht haben, uns zu treffen? Überleg mal, Freddy. Sie würden es bestimmt für eine Lüge halten und uns Hausarrest geben."

„Okay, ist ja gut!" Freddy verzog das Gesicht. „Dann sagen wir lieber nichts. Aber hoffentlich behältst du mit deiner wissenschaftlichen Erklärung Recht, Jill."

„Klar habe ich Recht", beruhigte ich ihn.

Er verließ das Wohnzimmer und stapfte die Treppe hinauf. Ich betrachtete die Bücherregale und wünschte, ich könnte mir so sicher sein, wie ich geklungen hatte. Vielleicht lebten wir wirklich in einem Erdbebengebiet. Oder vielleicht gab es noch eine andere logische Erklärung für das, was passiert war.

Vielleicht steckten wir aber auch in großen Schwierigkeiten.

KAPITEL 5

Mein erster Tag in der Schule kam mir wie ein Traum vor. Ein Albtraum. Um die Mittagszeit wäre ich am liebsten nach Hause geflohen und dort geblieben.

Ich stand vor meinem Schließfach und bemühte mich, die Blicke und das Flüstern der anderen Schüler um mich herum zu ignorieren. Ich *wusste*, dass sie über mich redeten. Ich hatte gehört, wie sie in der ersten Stunde gekichert hatten, als ich etwas sagte. Alle fanden meinen texanischen Dialekt furchtbar komisch. Jetzt hatte ich Angst, überhaupt noch den Mund aufzumachen.

Nicht dass ich das Gefühl, die Neue zu sein, nicht kennen würde. Das hatte ich schon mal erlebt. Aber das war wenigstens in Texas gewesen. Hier in Shadyside war ich nicht nur die Neue, ich war anders. Ich redete anders. Meine Klamotten waren anders.

„Hi“, sagte eine Stimme hinter mir. Ich erstarrte. „Jetzt kommt's“, dachte ich. Ich griff nach meinem Geschichtsbuch, schloss mein Schließfach ab und drehte mich um, um dem Feind in die Augen zu sehen.

„Hi“, sagte ich ruhig und bereitete mich innerlich auf die gehässigen Sprüche vor, die gleich folgen mussten.

Ein blondes Mädchen stand vor mir; sie betrachtete mich und presste sich ihre Bücher an die Brust. Sie lächelte mich freundlich an. „Du bist nervös, nicht wahr? Das Gefühl kenne ich. Letztes Jahr war ich die Neue. Ich heiße Breanna."

Scheu streckte ich ihr meine Hand hin. „Ich heiße Jill. Nett, dich kennen zu lernen."

„Mann, bist du förmlich!", kicherte Breanna, doch dann schob sie ihre Bücher zur Seite, um mir die Hand zu schütteln.

„Hey, Breanna! Quetschst du die Neue aus?" Lächelnd kam ein Junge auf uns zu. Er hatte längeres Haar mit einem Mittelscheitel und große braune Hundeaugen. Er streckte mir die Hand hin. „Wie schön, dich kennen zu lernen, es ist mir eine Ehre. Ich bin Bruce Codwallop der Dritte. Möchtest du meine Visitenkarte haben?"

Verwirrt schüttelte ich den Kopf. Er gab mir die Hand und drückte ein paarmal kräftig zu. Dann brach er in lautes Gelächter aus.

Ich wurde rot. „Was soll daran denn witzig sein?", fragte ich verlegen.

Auch Breanna lachte. „Tut mir Leid. Es ist bloß, weil wir uns hier nicht die Hand geben. Außer Erwachsenen natürlich."

Am liebsten wäre ich in mein Schließfach geklettert und hätte die Tür hinter mir zugemacht. „Entschuldigt, ich habe nicht gewusst –"

„Mach dir nichts draus", sagte Breanna. „Es war trotzdem nett. Bobby hätte dich nicht damit aufziehen sollen."

Fragend runzelte ich die Stirn. „Bobby?"

Der Junge grinste mich breit an und fragte Breanna: „Hast du ihr schon alles Wissenswerte gesagt? Dass ich Klassensprecher bin und Käpten des Footballteams –"

„Träum weiter!" Breanna warf den Kopf zurück und wandte sich wieder an mich. „Tu einfach so, als wäre er nicht da. Er hält sich für witzig."

„Ich *bin* witzig", gab der Junge wie aus der Pistole geschossen zurück. „Breanna ist bloß neidisch. Ich gehe übrigens in deine Klasse. In Wirklichkeit heiße ich Bobby Taylor."

„Ach so, wie schade! Ich finde, Bruce Codwallop passt besser zu dir", sagte ich cool.

„Eins zu null für dich!", erklärte Breanna. Dann gab sie Bobby mit ihrer Schulter einen Schubs.

Ich stellte fest, dass sie sich sehr ähnlich sahen. „Seid ihr miteinander verwandt?"

Breanna nickte. „Er ist mein bescheuerter Zwillingsbruder."

Grinsend sah Bobby mich an. „Wir teilen alles außer Schönheit und Begabung. Das habe komplett ich geerbt. Deswegen hat sie zu Hause das große Zimmer – Mum und Dad haben Mitleid mit ihr."

„Glaubst du, dass es dir hier gefallen wird?", wollte Breanna wissen.

Ich zuckte mit den Schultern. „Ich hoffe es."

„Wie findest du Mr Gerard?", fragte Bobby.

Seine Frage verunsicherte mich. Eigentlich war mir der Mathematiklehrer unheimlich, aber was war, wenn alle anderen ihn mochten? Schließlich sagte ich: „Das weiß ich noch nicht. Warum fragst du? Stimmt mit ihm was nicht?"

„Ich finde ihn unheimlich", flüsterte Breanna.

„Es wird gemunkelt, dass er sich einen Computerchip ins Hirn einsetzen ließ, damit er Gleichungen schneller lösen kann", sagte Bobby. „Der Typ ist echt komisch."

Breanna lehnte sich gegen die Schließfächer. „Und Mrs McCord, unsere Biolehrerin, ist noch seltsamer."

„Was ist mit der los?", fragte ich.

Bobby sagte leise: „Die ist bösartig, vielleicht sogar ein bisschen psychopathisch. Es macht ihr richtig Spaß, Frösche zu sezieren. Sie kichert beim Aufschneiden, und dann glitzern ihre Augen so komisch –"

„Ja, klar", spottete ich; auf keinen Fall wollte ich mir von Bobby Angst einjagen lassen.

„Und sie steckt sich die Froschschenkel gern in den Mund“, fügte er hinzu. „Roh! Schmatz!“

Ich starrte ihn an. Mir fiel nichts Schlagfertiges ein, stattdessen stieß ich hervor: „Mann, bist du pervers!“

„Er lügt nicht“, versicherte Breanna mir. „Na ja, vielleicht ist das mit den Froschschenkeln übertrieben ... aber es scheint ihr wirklich Spaß zu machen, die Frösche zu töten.“

Na toll! Eine psychopathische Biologielehrerin! „Bio ist sowieso mein schlechtestes Fach“, stöhnte ich.

„Mach dir nichts draus. Das packst du schon. Komm, ich zeig dir alles.“ Breanna sah Bobby streng an. „Musst du nicht zufällig gehen?“

Bobby zwinkerte mir zu und schlenderte davon; dabei klopfte er mit den Knöcheln seiner Hand gegen die Schließfächer.

Breanna brachte mich in die Schulkantine und stellte mir ein paar ihrer Freunde vor. Ich war sehr erleichtert. Am meisten hatte ich mich vor dem Mittagessen gefürchtet.

Der Rest des Schultags verlief besser, auch wenn manche meiner neuen Mitschüler immer noch miteinander tuschelten und auf mich zeigten. Ich hasste das, und ich hasste es, anders zu sein. Aber wenigstens hatte ich eine neue Freundin gefunden. Hoffentlich.

Daran dachte ich, als ich ins Biologiezimmer ging. Da ich Breanna nicht mehr gesehen hatte und auch sonst niemanden kannte, mit dem ich mich unterhalten konnte, war ich früh dran.

Ich betrat den Raum und sah eine Frau, die sich über einen Labortisch beugte. Sie starrte auf etwas Grünes. Es war ein Frosch.

Mit einer ruckartigen Handbewegung griff sie danach, hob den Frosch auf und hielt ihn sich nahe ans Gesicht, als wollte sie ihn untersuchen.

Dann stopfte sie sich den ganzen Frosch in den Mund!

Mir fielen vor Schreck die Bücher aus der Hand, und ich stieß einen Schrei aus.

Die Frau drehte sich um. Die Froschbeine hingen zwischen ihren Lippen.

Sie zuckten noch!

Die Frau starrte mich mit irren Augen an.

Schmatz!

Die Reste des Froschs verschwanden in ihrem Mund.

Kapitel 6

Entsetzt schrie ich laut auf. Ich dachte, ich müsste mich auf der Stelle übergeben. Schnell drehte ich mich um und rannte zur Tür.

Da sah ich die anderen Kinder im Türrahmen stehen. Alle schrien vor Lachen, Breanna und Bobby waren auch dabei.

Ich blieb wie angewurzelt stehen. Es war nur ein Streich!

Noch immer zitternd wandte ich mich um. Die Lehrerin zog sich einen Gummifrosch aus dem Mund und zwinkerte mir zu.

„Ich bin die ‚bösartige' Mrs McCord. Hallo Jill, willkommen in Shadyside." Sie hielt sich den Frosch vors Gesicht. „Er sieht echt aus, nicht wahr?"

Die anderen betraten das Klassenzimmer und setzten sich an ihre Tische. Sie lachten immer noch. Bobby klopfte mir auf den Rücken.

„Tut mir Leid", sagte er. „Aber wir konnten einfach nicht widerstehen. Mrs McCord ist die coolste Lehrerin von Shadyside, sie spielt anderen unheimlich gern einen Streich."

„Und ihre Streiche sind fantastisch", warf Breanna ein. Besorgt richtete sie ihre großen braunen Augen auf mich. „Du bist doch nicht sauer, oder?“

Ich grinste gequält. Klar war ich ein wenig sauer, doch ich wusste, dass ich das nicht zeigen durfte. Niemand mag Spielverderber.

„Eines Tages werde ich euch das zurückzahlen“, sagte ich laut.

Mrs McCord hörte es. „Das hoffe ich doch schwer“, sagte sie. „Das Leben macht keinen Spaß, wenn man keine nette, kleine Rache hat, auf die man sich freuen kann.“ Sie zeigte mir meinen Platz. „Ich glaube, du passt gut in unsere Klasse, Jill“, fügte sie lächelnd hinzu.

Kurz danach fing der Unterricht an. Ich musste zugeben, dass Mrs McCord wirklich eine gute Lehrerin war. Ihr Unterricht war lustig und lebendig, doch sie ließ uns nie zu weit vom Stoff abkommen. Ich hatte Biologie nie ausstehen können, aber jetzt spürte ich, wie ich mitgerissen wurde. So, wie sie alles erklärte, ergab es plötzlich einen Sinn.

Als die Schulglocke ertönte, zwängte ich mich durch Gruppen schnatternder und plappernder Schüler und ging zu meinem Schließfach. Ich vergewisserte mich, dass ich alles hatte, was ich für meine Hausaufgaben brauchte, und ging raus, um Freddy zu suchen. Er hatte zwar früher Schluss als ich, aber ich wusste, dass er auf mich gewartet hatte. Natürlich wollte er mir von seinem ersten Schultag erzählen.

Da saß er auch schon auf dem Bordstein. Ich rief seinen Namen, und er kam angerannt.

„Na, wie war's?“, fragte ich.

Freddy schob mit düsterer Miene seine Brille hoch. „Ein paar der anderen haben mich fertig gemacht. Wahrscheinlich muss ich bald einen von ihnen verhauen“, verkündete er.

„Du weißt doch, was Mum davon hält“, warnte ich ihn. „Hör zu: Wenn einer dieser Fieslinge dir zu nahe kommt, sag mir Bescheid. Dann erledige ich das für dich.“

Er runzelte die Stirn. „Nein, danke. Es ist schon schlimm genug, neu zu sein. Noch schlimmer wäre es, mich hinter meiner Schwester zu verstecken!“

Wir überquerten den Park Drive und bogen rechts auf die Melinda Street ab, um zur Fear Street und nach Hause zu gelangen.

Es war kaum zu glauben, wie sehr sich die Gegend veränderte, sobald man die Fear Street erreicht hatte. Als hätte jemand dort eine Linie gezogen und ein großes Schild aufgestellt, auf dem stand: WARNUNG AN ALLE, DIE DIESE STRASSE BETRETEN.

Die Bäume entlang des Bürgersteigs waren krumm und knorrig. Und auch wenn überall in

Shadyside der Frühling eingekehrt war, blieb es in der Fear Street öde und trostlos. Die Bäume bekamen kein neues Laub, und nirgendwo wuchsen Krokusse aus der Erde. Stattdessen knarrten braune Äste im Wind. Es war wirklich unheimlich.

Ich war erleichtert, als wir unsere Haustür erreicht hatten, und atmete die freundlichen Gerüche unseres Zuhauses ein. Vielleicht würde ich mich eines Tages doch noch an die Fear Street gewöhnen.

Mum war weggegangen, um für das Abendessen einzukaufen. Sie hatte uns eine Nachricht hinterlassen.

Im Kühlschrank ist was zu essen. Ihr könnt euch jeder ein Stück Kuchen oder Obst nehmen. Bin bis vier wieder da. Mum.

Unter die Nachricht hatte sie noch geschrieben:

Jill, ich dachte, dir gefällt dein Zimmer so, wie es ist. Warum hast du alles umgestellt?

„Was?“, sagte ich verwirrt.

„Was denn?“, fragte Freddy mit vollem Mund.

Ich zeigte ihm den Zettel. „Ich habe nichts umgestellt. Wovon redet sie überhaupt?“

Wir sahen uns mit großen Augen an. Nach einer Weile sagte Freddy: „Vielleicht sollten wir es rausfinden."

Zusammen gingen wir hinauf in mein Zimmer. Ich blieb an der Tür stehen, die Hand auf der Klinke. Mein Herz klopfte laut, und das kam nicht vom Treppensteigen.

„Willst du nicht reingehen?" Freddy stieß mich mit seinem Ellbogen an.

„Ich geh ja schon." Ich biss die Zähne aufeinander und machte die Tür auf.

Dann zuckte ich zusammen. Mein ganzes Zimmer war umgeräumt worden! Das Bett stand an der anderen Wand, die Kommode, die so schwer war, dass ich sie nicht allein bewegen konnte, stand auf der anderen Seite des Zimmers, und all meine Poster waren umgehängt worden.

„Das war ich nicht, Freddy", sagte ich.

Mein kleiner Bruder verschränkte die Arme. „Also muss ich davon ausgehen, dass alles von allein umgestellt worden ist, so wie die Bücher?"

Ich funkelte ihn wütend an. „Werd nicht frech", warnte ich ihn.

„Vielleicht haben wir ja auch Mäuse", schlug er in höhnischem Ton vor.

„Das reicht. Hör auf!" Ich setzte mich aufs Bett, stand wieder auf und warf einen Blick darunter, nur um mich zu vergewissern, dass sich dort niemand versteckte, dann ließ ich mich wieder aufs Bett fallen. „Was um alles in der Welt kann das gewesen sein?“

Freddy setzte sich neben mich. „Ich glaube, ich weiß es. Aber du wirst mich für verrückt halten.“

„Findest du das hier nicht schon verrückt genug? Ich verspreche dir, nicht zu lachen, Freddy. Sag mir einfach, was du denkst.“

Freddy kaute einen Augenblick auf seiner Unterlippe herum und überlegte. Dann sprang er auf. „Warte hier“, sagte er und rannte die Treppe hinunter.

Kurz darauf kam er mit einem dicken Buch zurück. „Das habe ich aus der Schulbücherei“, erklärte er.

Ich nahm es ihm ab und las laut den Titel: *„Ein Klopfen in der Nacht: Wahre Gespenstergeschichten aus Amerika.“*

Meine Hände zitterten, und ich fuhr mir mit der Zunge über die Lippen.

„Meinst du ...“ Ich stockte. Ich konnte es nicht aussprechen.

Freddy konnte es. „Ja“, sagte er nickend. „Ich glaube, in unserem Haus spukt es.“

Kapitel 7

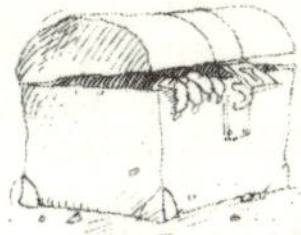

Meine Hände waren plötzlich eiskalt. „Es spukt?“, wiederholte ich.

„Ja. Es passt alles zusammen, Jill“, sagte Freddy mit ernster Miene. „Ich glaube, wir haben einen Poltergeist.“

„Einen Poltergeist?“ Allmählich kam ich mir vor wie ein Papagei. „Was ist das?“

Er sprang neben mir aufs Bett. „Das ist ein Geist, so eine Art Gespenst. Aber er hat sich darauf spezialisiert, mit Gegenständen zu werfen.“

Ich schlug das Buch auf, und Freddy zeigte mir den Teil über Poltergeister. Die Geschichten ähnelten sehr unseren eigenen Erlebnissen: Gegenstände flogen durch die Luft, Möbel wurden umgestellt.

„Hör zu, Freddy“, sagte ich atemlos. „Hier steht, dass eine Familie durch einen Poltergeist ihr Haus verloren hat. Er hat sie hinausgejagt!“

„Das ist noch nicht das Schlimmste. In einem anderen Fall ist sogar der Vater verschwunden. Die Kinder konnten ihn hinter den Wänden hören, aber sie haben ihn nie wieder gesehen.“ Freddy schob die Brille hoch. Seine Augen waren weit aufgerissen. „Was ist, wenn Dad was passiert? Oder uns?“

Ich beschloss, dass es sinnlos war, sich darüber Sorgen zu machen. „Wie wird man einen Poltergeist wieder los?“, fragte ich. „Ruft man einen Geisterjäger oder so?“

Freddy schüttelte den Kopf. „Ich weiß nicht. In den meisten Fällen geben die Leute einfach auf und ziehen aus. Oder sie drehen durch.“

„Oder sie verschwinden“, flüsterte ich. Plötzlich hatte ich einen trockenen Mund. Mir lief es eiskalt den Rücken hinunter. „Was sollen wir tun?“

„Ausziehen“, schlug Freddy vor.

„Das können wir nicht. Es würde Mum das Herz brechen! Und außerdem: Wie könnten wir Mum und Dad dazu bringen, das Haus aufzugeben?“

„Ich sag dir doch: Wir müssen mit ihnen reden! Wir müssen ihnen sagen, was geschehen ist“, beharrte Freddy. „Glaubst du wirklich, dass sie in einem Haus wohnen wollen, in dem sich ein Poltergeist eingenistet hat?“

„Und glaubst du, dass sie uns das abkaufen werden?“, gab ich zurück. „Freddy, hast du denn nicht gemerkt, dass nie was passiert, wenn sie dabei sind? Würdest *du* es glauben, wenn du es nicht mit eigenen Augen gesehen hättest?“

Freddy dachte mit gerunzelter Stirn nach. „Du hast Recht“, sagte er langsam. „Aber warum?

Vielleicht versucht der Poltergeist, uns in Schwierigkeiten zu bringen."

Das machte mich echt wütend. Ohne es zu wollen, ballte ich die Hände. „Es muss einen Weg geben, dieses Ding loszuwerden", murmelte ich. „Und wie auch immer wir es anstellen werden – wir werden es schaffen."

„Genau!", stimmte Freddy mir zu.

Dann saßen wir beide auf meinem Bett und starrten die Wände an. Ich wusste, dass Freddy dasselbe dachte wie ich.

Wir klangen entschlossen, aber in Wirklichkeit hatten wir keine Ahnung, wie man einen Poltergeist loswird!

Einen Augenblick später stand ich auf. „Wir sollten lieber etwas unternehmen, als hier herumzusitzen und Angst zu haben. Vielleicht fällt uns dabei ein, wie wir den Poltergeist verscheuchen können."

„Wir könnten Mum eine Freude machen", schlug Freddy vor. „Sie ist immer noch ziemlich sauer auf uns."

„Hast du eine Idee?"

„Wir könnten einen Kuchen für sie backen", sagte Freddy. „Deine Kuchen sind immer super."

Ich lachte. Freddy war die Naschkatze in der Familie. „Einen Kuchen für *Mum* backen, hm?"

Freddy grinste mich an. „Ja. Einen Kirschkuchen."

„Was rein zufällig dein Lieblingskuchen ist."

Er setzte eine unschuldige Miene auf. „Er ist für Mum. Für Mum ist mir nur das Beste gut genug."

„Also gut", stimmte ich zu. „Aber dann lass ihn uns jetzt backen, bevor sie nach Hause kommt."

Wir rannten die Treppe hinunter und nahmen drei Stufen auf einmal.

„Auf wie viel Grad soll ich den Backofen einstellen?", fragte Freddy, als er vorausstürmte.

„Auf zweihundert. Aber nicht so schnell, du Holzkopf. Wir müssen erst nachsehen, ob wir Kirschfüllung dahaben."

Freddy stöberte in der Speisekammer herum, während ich eine große Schüssel aus dem Schrank holte.

„Hurra!" Er kam mit zwei Dosen Kirschfüllung wieder.

„Okay. Mach sie auf, während ich den Teig mische."

„Wir backen zwei Kuchen, ja?", fragte Freddy und leckte sich die Lippen.

Lächelnd schüttelte ich den Kopf. Was für ein Vielfraß! „Ja, klar, wir machen zwei."

Während Freddy die Dosen öffnete, siebte ich das Mehl.

Wir erzählten uns Witze und lachten viel. Freddy brachte mir einen Messbecher voll Eiswasser für den Teig. Ich stellte die große Mehldose weg, um den Teig auszurollen. Dann verteilte ich Mehl auf die Arbeitsfläche.

Ich wollte gerade noch ein bisschen mehr Mehl nehmen, als ich hinter mir ein dumpfes Gepolter hörte. Ich drehte mich um und sah gerade noch, wie die letzten Kuchenformen aus dem Schrank fielen.

„Aua! Autsch!“, schrie Freddy, als Backbleche auf seinem Kopf landeten.

„Tollpatsch“, rief ich.

„Das war ich nicht!“, protestierte er. „Die sind von allein herausgefallen!“

Meine Hand steckte immer noch in der Mehldose.

Plötzlich spürte ich, wie etwas meine Hand packte. Etwas, das im Mehl verborgen war und mit eisernem Griff mein Handgelenk umklammerte!

Kapitel 8

Ich schrie entsetzt auf.

Voller Angst versuchte ich, mich von dem Ding in der Dose loszureißen. Was immer es war, es hatte spitze Krallen. Ich spürte sie deutlich.

Mein Herz hämmerte wie wild. „Lass mich los!“, schrie ich.

Und es kam noch schlimmer. Plötzlich gingen alle Schubladen in der Küche auf. Messer, Gabeln und Löffel sprangen klappernd heraus. Die Teigschüssel kippte um und landete scheppernd auf dem Boden.

„Freddy! Hilfe!“, brüllte ich voller Panik.

Doch mein kleiner Bruder hatte mit eigenen Problemen zu kämpfen. Er duckte sich, um einem Hagel fliegender Teller auszuweichen, rutschte dabei in der Kuchenfüllung aus und landete mit dem Gesicht voll in der Kirschmasse.

Was immer mein Handgelenk umklammert hielt, drückte jetzt fest zu. Ich schrie vor Schmerz auf. Dann sammelte ich all meine Kräfte und zog mit einem kräftigen Ruck meine Hand weg.

In diesem Moment ließ der Klammergriff nach. Die Mehldose sprang von der Arbeitsplatte und schlug mir gegen die Stirn.

Ich verlor mein Gleichgewicht und fiel rückwärts in eine Wolke aus Mehl. Sie hüllte mich ein und verklebte mir Mund und Nase.

„Pass auf!“, rief Freddy, der immer noch auf dem Boden lag.

Ich hob den Kopf und sah den Messbecher, der über meinem Kopf schwebte. Während ich ihn noch anstarrte, kippte er, und eiskaltes Wasser ergoss sich über mich.

„Iiiihhh!“, brüllte ich. Das Eiswasser rann über mein Gesicht und in meinen Nacken. Es vermischte sich mit dem Mehl und verwandelte mein Haar in eine klebrige Masse. Als der Becher leer war, fiel er auf den Boden – er hatte seine Arbeit getan.

Dann war es ruhig. Ich traute dem Frieden noch nicht ganz und sah mich vorsichtig um. Doch es blieb still. Mühsam richtete ich mich auf. Die ganze Küche war mit einer Mehlschicht bedeckt. Es sah aus, als hätte eine Bombe eingeschlagen, und ungefähr so fühlte ich mich auch.

„Freddy?“, fragte ich stöhnend. Dann verschluckte ich mich an einem Teigklumpen und musste husten. „Freddy? Bist du okay?“

Seine Stimme zitterte, als er mir antwortete. „Mir ging es schon besser.“

„Oh nein!“, rief eine Stimme hinter mir.

Erschrocken fuhr ich herum und sah Mum, die

im Türrahmen stand, die Arme voller Einkaufstüten. Sie riss vor Schreck den Mund auf.

Ohne sich zu rühren oder ein Wort zu sagen, starrte sie ungläubig auf das Chaos. Die zerbrochenen Teller und Schüsseln. Die Messer und Gabeln auf dem Boden. Die dicke Mehlschicht.

Ganz langsam stellte Mum die Tüten auf den Boden und sah mich an.

Ich versuchte zu lächeln, aber meine Lippen waren von der Paste aus Mehl und Wasser völlig verklebt.

„Wir – äh, wir wollten dir einen Kuchen backen“, war alles, was ich herausbrachte.

„Einen Kuchen“, wiederholte meine Mutter.

„Einen Kirschkuchen“, krächzte Freddy, der immer noch auf dem Boden saß. Er kratzte mit dem Zeigefinger etwas Kirschfüllung von den Fliesen und hielt zum Beweis den Finger hoch.

Mum blieb einen Augenblick wie betäubt stehen. Dann holte sie tief Luft. „Euer Vater soll heute Abend mit euch darüber reden“, sagte sie. „Ja, genau, das ist das Beste. *Ich* werde ein anderes Mal mit euch sprechen. Vielleicht in ein paar Wochen. Wenn ich mich bis dahin wieder abgeregt habe ...“

Sie verstummte. Dann drehte sie sich auf der Stelle um und stampfte aus der Küche.

Schweigend fingen wir an, Ordnung zu machen.

Zum Glück waren nur vier Teller kaputtgegangen. Und die Teigschüssel.

Je länger ich sauber machte, desto wütender wurde ich. Was hatte dieser Poltergeist eigentlich gegen uns? Was hatten wir ihm getan?

„Jill?“, fragte Freddy.

„Ja?“, sagte ich kurz angebunden.

„Was machen wir jetzt?“, fragte er mit dünner Stimme.

„Jetzt?“ Ich fing an, das Mehl zusammenzukehren. „Jetzt machen wir die Küche blitzsauber.“

„Ich meine danach.“

Ich holte tief Luft: „Danach finden wir heraus, wo dieser Poltergeist sich versteckt hält. Und dann kann er sich auf was gefasst machen!“

„Ist das dein Ernst? Jill, Poltergeister sind übernatürliche Wesen mit bösen Kräften.“

Armer Freddy! Er wirkte so eingeschüchtert, dass ich meine eigene Angst vergaß. Ich musste ihn aufmuntern.

„Na und?“, rief ich. „Wir haben auch Kräfte!“

„Echt?“, fragte Freddy voller Zweifel. „Was für Kräfte?“

„Na ja ...“ Ich überlegte rasch. „Also – wir kommen aus Texas. Du kennst doch den Spruch: ‚Leg dich bloß nicht mit Texanern an!‘“

Mein Bruder starrte mich so ungläubig an, als wäre mir plötzlich eine zweite Nase gewachsen.

Hastig fuhr ich fort: „Texaner sind die Stärksten, Coolsten und Klügsten von allen, stimmt's?"

„Wenn du meinst", antwortete er wenig überzeugt.

Doch jetzt war *ich* von meiner Sache überzeugt. „Da kannst du Gift drauf nehmen! Vergiss nicht die Schlacht bei Alamo!", rief ich und boxte mit der Faust ins Leere.

„Wir haben die Schlacht bei Alamo verloren", erinnerte Freddy mich.

„Ähm ... das macht nichts", widersprach ich ihm schnell. „Es kommt allein auf unseren Kampfgeist an. Den Kampfgeist von Texas, wo alles größer und besser ist." Ich hatte mich richtig hineingesteigert.

„Jetzt komm. Wir haben noch viel zu tun, bevor wir den Poltergeist suchen können."

Mit neuen Kräften gingen wir an die Arbeit. Während wir die Küche sauber machten, überlegte ich mir einen Schlachtplan.

Wenn sich wirklich ein Poltergeist im Haus versteckt hielt, gab es nur einen Ort, an dem er sein konnte. Der einzige Ort, wo Mum noch nicht aufgeräumt hatte. Der einzige Ort, den ich seit unserem Einzug sorgfältig gemieden hatte.

Den Dachboden.

Waren wir wirklich mutig genug, dort hinaufzusteigen?

Kapitel 9

Nach der Säuberungsaktion in der Küche kam ich noch selbst an die Reihe. Es war ziemlich mühsam, die klebrige Mehlpaste aus meinem Haar zu waschen, aber schließlich hatte ich es geschafft.

Dann schlichen Freddy und ich auf Zehenspitzen am Schlafzimmer unserer Eltern vorbei, in dem Mum sich von ihrem Schock erholte.

„Psst", warnte ich ihn.

Wir stiegen die schmale Treppe hinauf und blieben vor der Tür zum Dachboden stehen. „Was machen wir, wenn wir ihn gefunden haben?", flüsterte Freddy.

„Ich weiß nicht", musste ich zugeben. „Aber irgendwas werden wir tun. Vielleicht können wir ihn zum Fenster hinausjagen."

„Oder mit Insektenspray voll sprühen", schlug mein Bruder vor.

Ich nickte. „Was immer nötig sein wird. So einen Tag wie heute kann ich nicht nochmal ertragen."

Ich zögerte einen Moment, biss dann aber entschlossen die Zähne zusammen und drehte am Türknopf.

Als wir den Dachboden betraten, schlug uns

stickige, modrige Luft entgegen. Durch die Fensterläden fielen ein paar vereinzelte Sonnenstrahlen. Tigerstreifen aus Licht und Schatten legten sich über mysteriöse Berge von Gerümpel.

Ich ging rasch in die Mitte des Raums und zog an der Schnur, die unter der nackten Glühbirne hing. Fahles Licht flammte auf.

Im Licht wirkte der Dachboden nicht mehr so unheimlich. Der Raum war voller Gerümpel, das Onkel Solly gehört hatte. Überall standen Kisten herum. In einer Ecke war ein Schaukelstuhl mit kaputter Rückenlehne, darauf stapelten sich Kartons und Schachteln. Daneben stand eine Schneiderpuppe, die in vergilbten Stoff eingehüllt war. Sie hatte wahrscheinlich Onkel Sollys Frau gehört, die schon seit vielen Jahren tot war.

„Ich sehe keine Poltergeister", flüsterte Freddy. „Du vielleicht?"

„Nein", gab ich zu. Jetzt, wo wir da waren, kam ich mir ziemlich blöd vor. Was hatte ich eigentlich erwartet? Dass das Monster an einem Tisch sitzen und Karten legen würde?

Freddy fuhr mit dem Finger über einen alten Karton. „Wow! Onkel Solly hat eine Menge Zeug gehabt, was?"

„Ja. Sieh dir nur all den Staub und die Spinnweben an. Hier oben ist schon seit Ewigkeiten keiner mehr gewesen.“

Freddy nahm eine Schachtel von einem Stapel, machte sie auf und schaute hinein.

„Hey, sieh dir das an.“ Er hielt ein Buch hoch. „Das hier handelt von Zauberei mit Münzen. Und hier ist ein Buch von Houdini, dem großen Zauberer! Cool! Das ist ja eine richtige Zauberbibliothek!“

Freddy liebt Zauberbücher. Er hat nicht viele eigene, da sie sehr teuer sind. Deswegen war der Karton wie eine Schatztruhe für ihn.

„Das ist toll!“, sagte er strahlend.

„Kann sein, dass wir hier eine Weile warten müssen“, dachte ich und öffnete eine zweite Kiste. Darin lagen hunderte von eleganten Seidenschals. Manche von ihnen waren einfarbig, andere hatten Muster, die wie Zauberzeichen aussahen.

Wir entdeckten noch viel mehr. Kartons voller Daumen und Finger aus Plastik. Hohle Schläuche, in denen sich weitere Schläuche verbargen. Hüte mit Geheimfächern, in denen man Kaninchen verstecken konnte.

Der Dachboden war wie ein Zaubermuseum. Je mehr Kisten wir öffneten, desto mehr Zeug entdeckten wir.

Wir fanden auch Hilfsmittel für die großen

Zaubertricks. Es gab eine Art Gestell, mit dem man die Illusion von schwebenden Menschen erzeugen kann. Freddy zeigte mir, wie es funktionierte. Doch es gab auch ein paar Dinge, die selbst er sich nicht erklären konnte.

„Es ist, wie ich gesagt habe“, meinte Freddy. „Ich vermute, dass ein paar von Onkel Sollys Zaubertricks echte Magie waren. Deswegen kommen wir nicht dahinter.“

„Rede keinen Unsinn“, gab ich zurück. „Das ist unmöglich.“

„Hey!“ Freddy stieß mir seinen Zeigefinger in die Seite. *„Ich* wollte nicht hier heraufkommen und den Poltergeist suchen.“

Schließlich fanden wir eine alte Truhe, die unter einem Stapel von Kisten vergraben war. Wir zerrten sie hervor, und Freddy hob den Deckel hoch. Drinnen befanden sich ein Haufen alter Zeitschriften und eine Holzkiste, in die grinsende Fratzen geschnitzt waren.

„Ha! Das ist die Puppenkiste aus dem Video“, rief ich.

Ich holte die Kiste aus der Truhe. Jede ihrer Seiten war ungefähr dreißig Zentimeter lang – ein Würfel. Und sie war ziemlich schwer. Als ich sie schüttelte, raschelte es geheimnisvoll in ihrem Inneren.

Auf dem Deckel war ein kaputter Riegel angebracht, der mit einem Stück Draht zugebunden war.

„Mach sie auf“, drängte Freddy.

Ich begann langsam, den Draht aufzudrehen, und war schon fast damit fertig, als ich hinter mir ein Scharren hörte, gefolgt von einem Quietschen.

„Was war das?“, flüsterte mein Bruder. „Eine Ratte?“

„Eine *Ratte*?“ Bei der Vorstellung sträubten sich meine Nackenhaare. Mir fielen die winzigen Spuren auf meiner Kommode wieder ein. Auf keinen Fall wollte ich mich umdrehen. Was war, wenn die Ratte direkt hinter mir lauerte?

In dem Augenblick zuckte die Kiste unter meinen Händen. Entsetzt schrie ich auf.

„Jill, hinter dir!“, rief Freddy.

Blitzschnell fuhr ich herum. Hinter mir war tatsächlich etwas.

Aber es war keine Ratte.

Es war noch viel schrecklicher!

KAPITEL 10

Ich starrte auf das Ding und öffnete den Mund. Aber meine Stimme versagte völlig.

Es war die Schneiderpuppe! Sie schwebte vor mir in der Luft. Der vergilbte Stoff war wie Fledermausflügel ausgebreitet. Ein Damenhut schwebte über der Puppe. Zwischen dem Hut und dem Puppenhals, wo eigentlich das Gesicht sein sollte, war – nichts. Nichts außer einem dunklen Loch.

Und plötzlich flog die Puppe auf mich zu!

„Pass auf!“, brüllte Freddy.

Ich stieß einen schrillen Schrei aus und stolperte nach hinten. Der Stoff formte sich zu ausgefransten Fingern, die sich um die Kiste legten und versuchten, sie mir aus den Händen zu reißen.

Aber in meiner Angst umklammerte ich sie nur noch fester.

Freddy schlug mit den Fäusten auf die Puppe ein. „Lass meine Schwester in Ruhe!“, brüllte er.

Ich zog ein letztes verzweifeltes Mal an der Kiste, um sie aus den Klauen der Puppe zu reißen, doch sie glitt aus meinen schweißnassen Händen, und ich stürzte nach hinten.

Aber anscheinend hatte die Schneiderpuppe plötzlich auch keine Kraft mehr: Die Kiste fiel polternd zu Boden. Der Deckel sprang auf, und ich hörte, wie Luft entströmte.

Die Glühbirne über meinem Kopf zerbarst in tausende von Glasscherben.

Dann wurde alles wieder ganz still.

Die Schneiderpuppe lehnte neben dem Stuhl an der Stelle, wo sie vorher gestanden hatte. Der Stoff war nur noch Stoff, und der Hut lag auf dem Boden.

Benommen blieb ich sitzen.

Ich hatte Angst. Und ich war wütend.

Wenn der Poltergeist versucht hatte, uns aus dem Haus zu vertreiben, dann war sein blöder Plan soeben fehlgeschlagen. Total.

Kein Poltergeist der Welt würde mich aus unserem neuen Haus vertreiben!

Freddy kam zu mir. „Ist mit dir alles in Ordnung?“

„Ich werde es überleben. Danke, dass du mich gerettet hast.“

Er nahm meine Hand und zog mich hoch. „Vielleicht sollten wir besser von hier verschwinden, was?“, fragte er hoffnungsvoll.

„Warte noch einen Augenblick. Wir sind hierher gekommen, um einen Poltergeist zu suchen, stimmt’s? Also, er ist auf alle Fälle hier.“

„Gut. Jetzt haben wir ihn gefunden. Dann können wir doch gehen, oder?“ Freddy ging in Richtung Tür.

„Nicht so schnell!“ Ich hielt ihn am Arm fest. „Wir müssen uns was einfallen lassen, wie wir ihn bekämpfen können. Vielleicht ist hier oben etwas, was uns einen Hinweis gibt. Wir sehen uns noch ein wenig um, okay?“

Freddy schluckte schwer. „Okay.“

Als er auf mich zuging, stieß er mit dem Fuß gegen die Kiste, die die Schneiderpuppe mir entrissen hatte. Ein kleiner, glänzender Gegenstand fiel heraus und rutschte über den Boden.

„Hey.“ Freddy bückte sich und hob eine Brille auf. Er gab sie mir und warf dabei einen Blick in die Kiste. „Sonst ist nichts drin. Die Marionette ist nicht da, Onkel Solly muss sie woanders aufbewahrt haben.“

Ich untersuchte die Brille. Es war ein altmodisches Nickelgestell mit rechteckigen Gläsern, die extrem dick waren.

Ich setzte sie auf.

Weil ich keine Brille brauche, hätte ich eigentlich alles nur noch verschwommen erkennen sollen. Aber trotz der dicken Gläser und der einbrechenden Dunkelheit konnte ich immer noch klar sehen.

Ich nahm die Brille ab und betrachtete sie näher. Sie wirkte wie eine ganz normale starke Brille.

Wieder setzte ich sie auf. Nichts.

„Das ist bloß Fensterglas", sagte ich erstaunt.

Ich gab sie Freddy. Er nahm seine Brille ab und setzte sich die von Onkel Solly auf. „Du spinnst ja. Das ist genau meine Brillenstärke!"

„Das kann nicht sein!", protestierte ich. Freddy muss sehr starke Gläser tragen – ohne Brille ist er blind wie ein Maulwurf.

Ich nahm ihm die Brille ab und setzte sie noch einmal auf. Alles war glasklar zu erkennen.

Wie konnten die Gläser die richtige Stärke für mich *und* für Freddy haben?

Irgendetwas an dieser Brille war äußerst seltsam.

Aus dem Augenwinkel sah ich plötzlich, dass sich etwas bewegte. Mein Herz setzte aus, und ich drehte blitzschnell den Kopf herum.

Nichts.

Blinzelnd betrachtete ich die Schatten an der Wand.

„Was ist los?", flüsterte Freddy.

Ich hob die Hand als Zeichen, dass er still sein sollte. *Da drüben.* Ein Schatten verschwand hinter einem der Kartons. Ich war ganz sicher.

„Da drüben ist was", flüsterte ich. „Ich kann es fast sehen."

Ganz langsam ging ich ein paar Schritte zur Seite, um es besser erkennen zu können.

Und da war er.

Er sah aus wie ein winziger Mensch, doch er hatte einen wuscheligen braunen Pelz. Der kleine Kerl konnte nicht größer als fünfzehn Zentimeter sein. Er stand auf zwei kurzen O-Beinen. Seine Lippen stülpten sich nach vorn und bildeten einen Schlauch, der wie eine Art Strohhalm aussah. Seine kleinen schwarzen Augen glitzerten über der platten Nase.

Ich fröstelte. War dieses kleine Wesen etwa der Poltergeist?

Der behaarte, kleine Mann hob eine Hand und kratzte sich am Kopf. Er hatte lange, spitze Fingernägel. Mir fielen die Klauen der Kreatur in der Mehldose wieder ein. Das *musste* der Poltergeist sein.

Ich starrte ihn an. Er starrte zurück; seine Augen funkelten bösartig. Und plötzlich spürte ich, wie sehr er mich hasste. Er wollte mich aus dem Haus vertreiben.

Ich riss die Brille von der Nase und machte die Augen zu. Mein Herz klopfte laut.

„Jill, was ist los?“, fragte Freddy. „Was hast du gesehen?“

„Den Poltergeist“, sagte ich krächzend. „Hinter dem Karton da drüben.“

Freddy riss die Augen auf. „Da ist doch gar nichts.“

Ich spähte in die Dunkelheit.

Tatsächlich! Der Poltergeist war verschwunden!

Mir kam ein verrückter Gedanke. Ich gab Freddy die altmodische Brille. „Versuch es mal damit.“

Er setzte sie auf.

Dann sagte er leise: „Jetzt sehe ich ihn! Er ist eklig, aber klein. Vielleicht können wir ihn fangen.“ Er ging auf den Stapel Kartons zu.

„Freddy, nicht!“, rief ich.

Aber es war schon zu spät. Die Truhe, die wir vorhin geöffnet hatten, flog in hohem Bogen durch die Luft und landete kopfüber auf Freddy. Dann drehte sie sich um und schaufelte meinen kleinen Bruder hinein. *Peng!* Der Deckel knallte zu.

„Freddy!“, brüllte ich. Mit einem Satz war ich bei der Truhe und zerrte verzweifelt am Deckel.

Er ging nicht auf!

Ich hörte, wie mein kleiner Bruder im Inneren der Truhe hämmerte und schrie.

„Freddy!“, rief ich. „Stemm dich gegen den Deckel! So fest du kannst!“

Hinter mir hörte ich ein seltsames Scharren. Ich drehte mich um. Oh nein!

Die Schneiderpuppe war wieder zum Leben erwacht. Und nicht nur sie. Onkel Sollys ganzer Krempel fing an, sich zu rühren.

Bücher flogen umher und attackierten meine Arme und Beine. Tücher flatterten wie Fledermäuse um meinen Kopf, und eine ganze Armee aus Plastikfingern marschierte über den Fußboden und umzingelte mich.

„Lasst mich in *Ruhe*!", schrie ich und schlug wild um mich. Die Bücher und Tücher zogen sich etwas zurück. Dann fing ich an, mit aller Kraft den Riegel an der Truhe zu bearbeiten. Ich schlug darauf. Ich zerrte daran. Ich trat dagegen.

Schließlich gab das Schloss mit einem lauten Quietschen nach. Ich riss den Deckel auf, packte Freddys Hand und zog ihn heraus. „Komm! Schnell!"

Durch eine Wolke aus fliegenden Gegenständen rasten wir zur Tür. Freddy riss sie auf, während ich einem Buch aus braunem Leder einen Schlag versetzte. Wir zwängten uns durch den Türspalt und zogen die Tür hinter uns zu.

Dann rannten wir die Treppe hinunter und nahmen immer drei Stufen auf einmal. Wir hörten erst auf zu rennen, nachdem wir meine Zimmertür hinter uns zugeknallt hatten.

Keuchend warfen wir uns aufs Bett. „Du hast

den Poltergeist also auch gesehen?", fragte ich Freddy.

Er nickte. „Ja, mit dem komischen Rüssel und seinem behaarten Körper wirkte er wie eine Kreuzung aus einer Mücke und einem Affen – einem gefährlichen Affen", fügte er schaudernd hinzu.

Freddy holte die altmodische Brille aus der Hosentasche und legte sie zwischen uns aufs Bett. Wir starrten sie nachdenklich an. Wie kam es, dass wir den Poltergeist nur dann sehen konnten, wenn wir die Brille aufhatten?

„Je länger ich darüber nachdenke, umso sicherer werde ich, dass das eine Zauberbrille ist", sagte Freddy schließlich.

Ich nickte langsam. Ich musste zugeben: Onkel Solly konnte *wirklich* zaubern!

„Was nun?", fragte Freddy.

Ich nahm die Brille und betrachtete sie von allen Seiten. „Na ja, wenigstens können wir damit den Poltergeist sehen."

„Na und? *Fangen* konnten wir ihn damit jedenfalls nicht", gab Freddy zurück. „Und sie hat nichts von seinem Zauber verhindern können."

Ich merkte, worauf er hinauswollte. „Wir können doch jetzt nicht aufgeben!", fuhr ich ihn an. „Es muss einen Weg geben, dieses Wesen aufzuhalten."

Er schüttelte den Kopf. „Wir müssen es Mum und Dad sagen. Jill, der Poltergeist ist hinter uns her. Hast du denn überhaupt keine Angst?“

Ich sah ihn an. „Soll das ein Witz sein? Natürlich habe ich Angst! Wer hätte da wohl keine Angst?“

„So verhältst du dich aber nicht“, sagte Freddy; sein rundes Gesicht war sehr ernst. „Du redest dauernd davon, wie sehr Mum dieses Haus liebt und dass wir ihr nichts von dem Spuk erzählen dürfen, um ihr nicht das Herz zu brechen. Aber uns hat sie auch lieb. Es würde ihr viel mehr das Herz brechen, wenn uns was zustoßen würde. Und gerade eben war es wirklich sehr knapp.“

Mein kleiner Bruder hatte Recht. Ich musste der Wahrheit ins Auge sehen. Die Gefahr war zu groß, um allein damit fertig zu werden. Wir konnten nur verlieren.

Ich hörte, wie die Haustür aufging. Dads fröhliche Stimme schallte durchs Haus.

„Hallo! Ich bin wieder da!“

„Du hast gewonnen“, gab ich nach. „Wir werden es ihnen sagen.“

Aber würden sie uns glauben?

Oder würden wir für die nächsten zehn Jahre Hausarrest bekommen?

KAPITEL 11

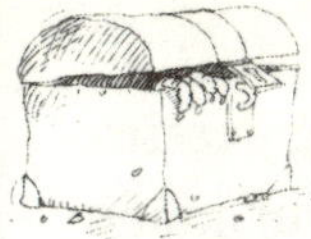

„Ein Poltergeist, hm? Hört sich an, als hätte euch die Fear-Street-Angst gepackt“, sagte Dad und grinste.

Freddy und ich tauschten Blicke aus. Das war kein guter Anfang.

Wir waren alle im Wohnzimmer versammelt, es war gegen halb zehn abends. Freddy und ich hatten beschlossen, es unseren Eltern erst nach dem Abendessen zu sagen.

Dad suchte das Sofa ab. „Wo ist die Fernbedienung?“, fragte er. „Ich sage euch doch immer, dass ihr sie auf dem Couchtisch liegen lassen sollt.“

„Dad“, fragte ich flehend, „hast du uns denn gar nicht zugehört?“

Er hob die Augenbrauen. „Natürlich hab ich das, Liebling. Ich höre euch gern zu, solange ich es nicht auch noch glauben muss.“

Er suchte weiter nach der Fernbedienung. „Ach, hier ist sie, unter dem Kissen. Ich weiß natürlich, dass ihr das nicht wart. Wahrscheinlich war das wieder mal der freche Poltergeist.“

Mum saß auf dem Stuhl neben der Couch und sah verärgert aus. Keiner von beiden nahm uns auch nur *ein* Wort ab.

„Warum glaubt ihr uns nicht?“, fragte Freddy.

„Freddy, du vergisst, dass ich hier war.“ Mum beugte sich vor. „Ich habe gehört, wie ihr miteinander gerauft habt, bevor die Lampe kaputtging. Ich habe Onkel Sollys Video gesehen, in dem er genau wie ihr mit Büchern jongliert hat. Und als ich in die Küche gekommen bin, waren da nur zwei Kinder, die beim Backen eine Riesenschweinerei veranstaltet haben.“

„Aber die Brille –“, fing ich an.

„Ach ja, die Brille“, sagte Dad. „Zeig sie mal her.“

Ich gab ihm die Zauberbrille. Er setzte sie auf und sah sich suchend im Zimmer um. Plötzlich riss er die Augen auf und holte tief Luft.

„Siehst du ihn?“, fragte Freddy atemlos.

„Oh ja, tatsächlich!“, rief Dad. „Dahinten beim Kamin. Ein Fabeltier! Es hockt direkt neben dem Teufelchen mit den zwei Hörnern und den drei Hufen!“

„Dad!“, protestierte ich. Er tat so, als sei alles nur ein Witz.

„Und – ach, da in der Ecke ist noch ein Kobold!“, fuhr er fort. „Er isst gerade einen Hotdog.“

Mum runzelte die Stirn. „Du sollst sie nicht aufziehen, John“, ermahnte sie ihn.

„Und sie sollen sich nicht von diesen wilden

Spukgeschichten einschüchtern lassen“, erwiderte Dad. Er nahm die Zauberbrille ab und legte sie auf den Tisch.

„Hört zu, Kinder“, sagte er. „Ich weiß noch, wie es *mir* ging, als ich in Shadyside aufgewachsen bin. Die anderen in meiner Schule erzählten alle möglichen Geschichten über die Fear Street. Aber in all den Jahren, in denen ich hier gelebt habe, habe ich nicht eine einzige Person getroffen, die selbst irgendwas Gespenstisches erlebt hatte. Es war immer nur ‚der Freund eines Freundes‘, und das ist meistens ein sicheres Anzeichen für eine erfundene Geschichte.“

„Ich kann ja verstehen, dass Freddys Fantasie ihm einen Streich gespielt hat“, warf Mum ein. „Aber du, Jill, bist doch alt genug, um es besser zu wissen.“

Ich warf meinem Bruder einen Blick zu. Was sollten wir bloß tun? Es war einfach nicht fair.

Na ja, vielleicht würde uns morgen ein neuer Plan einfallen. Seufzend stand ich auf.

„Vergesst nicht eure Zauberbrille“, sagte Dad. „Was ist, wenn ihr Besuch von kleinen, haarigen Monstern kriegt?“

Schweigend ging ich ins Wohnzimmer zurück und hob die Brille auf. Dann stiegen Freddy und ich die Treppe hinauf, als wären wir auf dem Weg zum Henker.

„Ich kann einfach nicht glauben, dass sie uns nicht ernst nehmen“, klagte Freddy. „Du hattest Recht, Jill. Tut mir Leid.“

„Ist schon in Ordnung“, sagte ich. „Und egal was Mum und Dad meinen: Wir wissen, dass es den Poltergeist gibt. Wir müssen eben von jetzt an vorsichtiger sein.“

Freddy und ich setzten nacheinander die Brille auf, um unsere beiden Zimmer zu überprüfen. Sie waren frei von Poltergeistern.

Ich zog meinen Schlafanzug an und schlurfte ins Bad. Beim Zähneputzen betrachtete ich mich im Spiegel.

„Was jetzt?“, fragte ich mich.

Ich hatte keine Antwort darauf.

An meiner Zimmertür blieb ich zögernd stehen. Hatte ich sie vorhin zugemacht? Ich konnte mich nicht daran erinnern.

Ich drehte am Türknopf.

Die Tür schwang weit auf, und ich blieb wie erstarrt stehen.

Eine riesige gelbe Masse füllte den Türrahmen aus und türmte sich vor mir auf. Sie hatte eine Art Kopf mit einem großen, klaffenden schwarzen Loch als Mund.

Ein Mund, der noch weiter aufgerissen wurde, als die Masse sich auf mich stürzte!

Kapitel 12

Ich hatte noch nicht einmal Zeit zu schreien. Der Körper des Monsters wickelte sich um mich. Ich war wie in einem Netz gefangen.

Mein Herz raste. Ich versuchte, um Hilfe zu rufen, doch ein Teil der gelben Masse legte sich über meinen Mund. Ich konnte kaum atmen, geschweige denn schreien.

Der Teil, der sich um meine Beine gewickelt hatte, zog sich noch fester zusammen. Ich stürzte zu Boden. Hilfe! Ich war am Ersticken!

Ich trat, biss und kratzte. Die Masse war weich und formbar. Durch ihre gelben Seiten drang Licht ein. Ich hatte das Gefühl, von einem Zelt verschluckt zu werden.

Schließlich kämpfte ich mich frei. So schnell ich konnte, kroch ich weg. Das Monster blieb auf dem Boden liegen und rührte sich nicht.

Freddy kam aus seinem Zimmer gerannt. „Was war das für ein Lärm? Warum liegt deine Bettdecke hier draußen auf dem Flur?“

„Was?“ Ich starrte auf die gelbe Masse. Dann berührte ich sie vorsichtig mit dem Finger.

Freddy hatte Recht. Es war nur meine gelbe Bettdecke.

Aber noch vor einer Minute hatte sie sich auf mich geworfen!

Ich stand auf. „Komm mit."

Während ich Freddy erzählte, was geschehen war, rollte ich die Decke zusammen und stopfte sie in meinen Schrank. Dann fiel mir ein, dass ich die ganze Nacht nur darauf warten würde, dass sie wieder aus dem Schrank kroch. Also hob ich meine Kommode an und bat Freddy, die Decke darunter zu legen.

„Da unten wird sie schmutzig", wandte er ein.

„Hoffentlich", entgegnete ich. „Hoffentlich hat sie Angst vor der Dunkelheit, und hoffentlich kommen Motten und fressen sie auf. Und jetzt stopf sie drunter."

Freddy gehorchte.

Ich zitterte immer noch; ich war nur knapp entkommen.

„Freddy? Kann ich heute bei dir schlafen?"

Ob ihr es glaubt oder nicht: Ich musste ihn erst überreden, obwohl er ein Stockbett hat! Ich nehme an, weil wir uns so lange eigene Zimmer gewünscht hatten. Aber nach diesem Tag hätte ich mehr Verständnis erwartet.

Wir blieben jeder im eigenen Zimmer, bis unsere Eltern zu Bett gingen. Dann schlich ich zu Freddy hinüber.

Mein Bruder saß, den Rücken an die Wand gelehnt, auf dem oberen Bett. Er hielt einen Baseballschläger fest umklammert. Doch als er mich sah, entspannte er sich.

„Soll ich unten schlafen?“, fragte er.

„Das ist mir egal“, antwortete ich gähnend. „Ich bin so müde, dass ich im Stehen schlafen könnte. Es war ein langer Tag.“

„Das kannst du laut sagen.“

Ich musste grinsen. Das war einer von Dads Sprüchen. Es war süß, wenn mein kleiner Bruder, *das Superhirn*, ihn benutzte.

Freddy löschte das Licht, und bald hörte ich seinen regelmäßigen Atem. Die Zeit verging. Obwohl ich erschöpft war, konnte ich nicht einschlafen. In der Dunkelheit hörte ich, wie das alte Haus ächzte und stöhnte. Plötzlich hörte ich ein Geräusch, ein Knarren. Schlich etwa der Poltergeist über den Flur? Wollte er zu mir?

Ich schauderte und kuschelte mich noch tiefer unter die Decke. Etwas Hartes stach mich in den Arm. Ich tastete im Dunkeln umher und fand – die Zauberbrille!

Aber ich hatte sie doch in meinem Zimmer gelassen! Ich konnte mich genau daran erinnern, sie auf meine Kommode gelegt zu haben, noch bevor ich ins Bad gegangen war, um mir die Zähne zu putzen.

„Freddy?“, rief ich leise.

Keine Antwort.
„Freddy, wach auf." Ich streckte meinen Arm aus und klopfte gegen den Lattenrost.
Von oben erschien sein Kopf. „Was ist?"
„Die Zauberbrille", sagte ich drängend. „Hast du sie aus meinem Zimmer geholt?"
Freddy stieg von seinem Bett herunter und nahm seine Brille vom Nachttisch. „Nein."
„Warum liegt sie dann in meinem Bett?" Ich spürte, wie die Panik wieder in mir hochstieg.
Die Brille war von allein hergekommen!
„Vielleicht hat der Poltergeist sie dort hingelegt", bot Freddy als Erklärung an.
Vielleicht. Aber warum?
Ich setzte die Brille auf und sah mich im Zimmer um. Trotz der Dunkelheit konnte ich plötzlich alles deutlich erkennen – anscheinend war auch das eine der Zauberkräfte, die sie besaß. Nein, im Zimmer war kein Poltergeist.
Dann hörte ich wieder ein Geräusch, ein neues Geräusch. Es klang, als würde etwas unter dem Boden scharren und kratzen.
„Bleib ganz ruhig", sagte ich mir.
Leichter gesagt als getan.
Ich schob die Decke weg und stieg aus dem Bett. Wir konnten schließlich nicht in der Dunkelheit liegen bleiben und warten, dass der Poltergeist uns holte. Wir mussten etwas unternehmen.

Kapitel 13

Wir brauchten Waffen. Das Beste, was uns einfiel, waren Freddys Baseballschläger und mein Tennisschläger, aber das war immer noch besser als nichts. Die Schläger in den Händen, schlichen wir uns den Flur entlang.

Ich hatte immer noch die Zauberbrille auf, deswegen entdeckte ich ihn sofort.

Es war der kleine, behaarte Mann vom Dachboden. Gelassen lehnte er am Treppengeländer. Es sah aus, als würde er auf einen Bus warten.

Mit einem Satz war ich bei ihm und holte mit dem Tennisschläger aus.

Doch mitten in der Bewegung erstarrte ich: Er war verschwunden. Einfach so.

Ich drehte mich auf den Fersen um. „Wo ist er hin?“, fragte ich leise.

„Piiieps“, machte es an meinem Ohr.

„Ihh!“, schrie ich entsetzt. „Freddy! Der Poltergeist! Er sitzt auf meiner Schulter!“

„Halt still, Jill!“, befahl er und schwang seinen Baseballschläger.

Ich konnte mich gerade noch rechtzeitig bücken, sonst hätte er meinen Kopf erwischt. „Pass auf, du Idiot!“, zischte ich wütend. „Fast hättest du mich getroffen.“

„Das wollte ich nicht“, erwiderte er. „Ich kann den doofen Poltergeist doch nicht sehen. Ich wollte dir bloß helfen.“

Ich tastete meine Schulter ab. Sie war leer.

„Er ist sowieso weg“, sagte ich erleichtert. „Das ist die Hauptsache. Und jetzt sei um Himmels willen leise. Das Letzte, was wir jetzt brauchen können, ist, dass Mum und Dad aufwachen und uns hier draußen erwischen. Dann schicken sie uns ganz sicher ins Irrenhaus.“

Wir schlichen die Treppe hinunter. Der Poltergeist tauchte immer wieder kurz auf. Jedes Mal versuchte ich, ihn mit dem Tennisschläger zu treffen. Und schlug jedes Mal daneben.

Als wir unten ankamen, stellte sich der Poltergeist auf einen Stuhl und wartete auf uns. Seine kleinen schwarzen Augen funkelten mich an. Ich stürzte mich auf ihn und verpasste dem Stuhlsitz einen gewaltigen Schlag.

Nichts.

„Hast du ihn erwischt?“

„Nein“, knurrte ich und schaltete das Licht an.

„Wieso schlägst du immer daneben?“

Ich sah Freddy an. „Er verschwindet immer wieder. Wie kann ich etwas treffen, was dauernd auftaucht und gleich wieder verschwindet? Ich glaube, er springt von einer Stelle zur anderen.“

Dann hörte ich wieder dieses „Pieps“ und spürte, wie etwas auf meinem Kopf landete. Igitt!

Langsam hob ich die Hände und versuchte, den kleinen Kerl überraschend zu packen. Ich griff ins Leere.

Frustriert nahm ich die Brille ab und gab sie Freddy. „Hier, vielleicht kannst du es besser. Und nimm lieber meinen Tennisschläger – damit du nicht *mich* umbringst, wenn du *ihn* treffen willst.“

Freddy lehnte den Baseballschläger an die Wand und gab mir seine Brille. Dann setzte er die Zauberbrille auf.

„Da ist er!“, rief er sofort und rannte ins Wohnzimmer – und ich hinterher.

Als ich dort ankam, stand Freddy still wie eine Statue. Das Licht war an – er hatte immer noch die Hand auf dem Schalter. Der Tennisschläger hing kraftlos in seiner anderen Hand.

Um uns herum ertönte überall dieses seltsame leise „Pieps, Pieps, Pieps“.

Mir lief ein eiskalter Schauer den Rücken hinunter. „Was ist los? Freddy, was hast du?“

Schweigend gab er mir die Brille. Ich setzte sie auf.

Und fuhr zusammen.

Das ganze Zimmer war voller Poltergeister!

Sie saßen auf den Bücherregalen und auf dem

Fernseher. Sie hingen von den Lampen und dem Deckenventilator. Sie tanzten auf den Vorhangstangen und sprangen zwischen den Sofakissen umher.

Es waren dutzende von kleinen Monstern. Einige von ihnen hatten ein braunes Fell, ein paar waren schwarz. Andere hatten rotes Fell, und drei oder vier waren wie Dalmatiner gefleckt. Ich sah sogar einen mit schwarzweißen Streifen wie ein Zebra. Und aus ihren rüsselartigen Mündern kam dauernd dieses „Pieps, Pieps, Pieps“.

Auf einen Schlag verstummten sie jedoch, drehten sich zu uns um.

Dann rückten sie langsam Schritt für Schritt näher und bildeten einen Kreis, bis sie uns umzingelt hatten. Meine Knie zitterten so stark, dass ich glaubte, gleich umfallen zu müssen. Ich streckte die Hand aus und hielt mich an einer Stuhllehne fest.

„Wa-warum ist es plötzlich so still?“, stammelte Freddy. Ohne die Zauberbrille konnte er nichts erkennen. „Was ist passiert?“

„Das sag ich dir lieber nicht“, antwortete ich. „Bleib einfach in meiner Nähe.“

Die schwarzen Augen der Poltergeister funkelten bösartig. Der Kreis wurde immer enger. Sie kamen näher.

Immer näher.

Das war das Ende! Ich machte die Augen zu.

Da unterbrach ein neues Geräusch die Stille. Ein noch viel hässlicheres Geräusch als das Piepsen der Poltergeister. Ein Rumpeln und Fauchen, grässlicher als alles, was ich je gehört hatte.

Ich riss die Augen auf und drehte mich um.

Dann merkte ich, dass das Geräusch von draußen kam. Doch was immer es war, es bewegte sich auf das Wohnzimmer zu.

Wütend piepsend stoben die Poltergeister auseinander. Einer von ihnen sprang in eine Steckdose. Erschrocken hielt ich den Atem an, als sein Körper immer dünner wurde, sich wie Papier zusammenfaltete und sich durch das winzige Loch zwängte.

Ein anderer machte sich platt und rutschte unter die Schranktür. Der Rest schlüpfte wie Nebel durch Ritzen im Kamin. Im Nu waren sie verschwunden – wir blieben allein zurück.

Das Fauchen wurde immer lauter. Was immer das Geräusch verursacht hatte – es hatte alle Poltergeister in die Flucht geschlagen.

Und wenn es einem Poltergeist Angst einjagen konnte – was musste es dann für ein grauenvolles Wesen sein?

Ohne es zu merken, waren Freddy und ich bis

an die Wand zurückgewichen, an der Mums Sammelteller hingen. Wir standen mit dem Rücken gegen die Wand gepresst, als auf der anderen Seite ein dumpfer, lauter Schlag ertönte. Ich spürte ihn in der Wirbelsäule.

Was immer auf der anderen Seite war, hatte Macht. Und es war hinter uns her!

Ein grauenhaftes Blubbern zerschnitt die Stille.

„Wir müssen verschwinden", flüsterte ich.

Freddy antwortete nicht. Er rannte aus dem Wohnzimmer.

„Warte auf mich!", rief ich und raste hinter ihm her.

Wir liefen die Treppe hinauf in Freddys Zimmer. Ich machte die Tür zu und drehte den Schlüssel um.

„Das müsste reichen", sagte ich und ging ein paar Schritte ins Zimmer.

Freddy starrte auf einen Punkt hinter mir. „Sieh mal!", flüsterte er heiser und zeigte auf die Tür.

Ich wandte den Kopf und musste hilflos zusehen, wie sich der Türknopf langsam und sachte wie von Geisterhand drehte.

KAPITEL 14

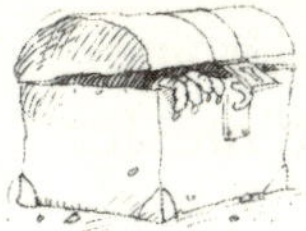

Wir starrten beide auf den Türknopf. Wir saßen in der Falle. War das das Ende? Würden sie uns jetzt holen?

Ich hörte, wie Freddy hinter mir wimmerte. Er hatte Todesangst. Auch mein eigenes Herz klopfte wie wild, und ich spürte, dass mir kalter Schweiß den Rücken hinunterrann.

Plötzlich hörte der Türknopf auf, sich zu drehen.

Für einen Augenblick vergaß ich zu atmen. Ich schob die Zauberbrille hoch und starrte auf die Ritze unter der Tür. Würden gleich Poltergeister hindurchkriechen?

Oder etwas noch Schlimmeres als Poltergeister?

Doch nichts geschah. Gar nichts.

Nach ungefähr fünf Minuten fing ich an, mich wieder zu entspannen. Vielleicht würden wir den nächsten Morgen doch noch erleben ...

„Ich finde, wir sollten Wache halten“, sagte ich zu Freddy. „Wir wechseln uns ab. Ich passe zuerst auf. In einer Stunde wecke ich dich, dann bist du an der Reihe. Okay?“

Freddy nickte düster. „Okay. Aber ich hab zu viel Angst, um gleich einschlafen zu können.“

„Versuch es trotzdem“, sagte ich und tätschelte beruhigend seine Schulter.

Er kletterte auf sein Bett und kuschelte sich unter die Decke. Ich legte mich in das untere Bett und setzte die Zauberbrille auf.

Die Minuten vergingen quälend langsam. Ich behielt die Tür im Auge. Meine Hände umklammerten den Tennisschläger. Sie würden niemals an mir vorbeikommen. Nie im Leben.

Ich schreckte auf, als ich ein Piepsen hörte.

Hey! Es war schon Morgen! Die Sonne schien durch das Fenster, und ein Rotkehlchen hockte zwitschernd auf dem Fenstersims. Das musste das Geräusch gewesen sein, das mich geweckt hatte.

Eilig kroch ich aus dem Bett. Hoffentlich waren sie nicht gekommen, während ich geschlafen hatte! Hoffentlich hatten sie Freddy nichts angetan!

Doch Freddy schnarchte friedlich auf seinem Stockbett. Wow! Wir hatten die Nacht überlebt!

Ich öffnete die Tür und spähte hinaus. Alles wirkte ganz normal.

Grunzend wachte Freddy auf. „Wie viel Uhr ist es? Bin ich jetzt dran?“, murmelte er schlaftrunken. Dann setzte er seine Brille auf. „Es ist ja schon Morgen! Was ist passiert?“

„Ich muss eingeschlafen sein“, gab ich zu. „Tut mir Leid. Aber wenigstens haben wir die Nacht überstanden.“

Freddy blinzelte. „Aber was ist, wenn sie wiederkommen? Was machen wir dann?“

Ich biss mir auf die Lippe. „Wenn wir von der Schule zurückkommen, sollten wir uns in Mums und Dads Nähe aufhalten. Wenn die Poltergeister dann wiederkommen und alles auf den Kopf stellen, müssen sie uns endlich glauben.“

„Und was machen wir, wenn Mum und Dad schlafen gehen?“, fragte Freddy.

„Dann warten wir, bis sie eingeschlafen sind, und schleichen uns in ihr Zimmer. Wenn nötig, schlafen wir auf dem Fußboden.“

Freddy schwang die Beine über die Bettkante und sprang hinunter. „Hoffentlich funktioniert es. Ich habe nämlich nicht das Gefühl, dass sie uns nur erschrecken wollen.“

Ich wusste, was Freddy meinte. Ich hatte noch immer vor Augen, wie die Poltergeister uns umzingelten. Wie ihre Augen funkelten. Wie hasserfüllt ihre Gesichter waren.

Freddy hatte Recht. Sie wollten uns nicht nur einen Schreck einjagen ...

Kapitel 15

Beim Frühstück schaute Mum mich forschend an. „Ist mit dir alles in Ordnung? Du siehst etwas blass aus."

Ich starrte auf meinen Teller. „Ich habe nicht gut geschlafen."

Missbilligend schüttelte Mum den Kopf. „Bist du wieder zu lange aufgeblieben und hast Gruselgeschichten gelesen? Ich habe dich gewarnt, Jill. Kein Wunder, dass du überall Gespenster siehst!"

Ich sagte nichts. Was hätte es auch genützt?

Den Schultag verbrachte ich wie in Trance. Ich konnte mich einfach nicht konzentrieren und merkte noch nicht einmal, ob sich jemand über mich lustig machte.

Ich musste dauernd an den Abend denken. Ich hatte so eine Ahnung, dass da eine Entscheidung fallen würde. Egal, wie.

Schließlich war die Schule aus, und Freddy und ich gingen zusammen heim.

Als wir zu Hause angekommen waren, blieben wir einen Augenblick lang auf dem Rasen vor dem Haus stehen.

Das Haus wirkte düster und gefährlich. Die dunklen Fenster funkelten in der Nachmittagssonne. Die Tür wartete schon auf uns. Darauf, sich zu öffnen und uns zu verschlucken.

Ich schob meinen Rucksack die Schulter hoch. „Vergiss unseren Plan nicht“, warnte ich Freddy. „Was immer Mum tut – wir lassen sie nicht aus den Augen. Wenn sie kocht, helfen wir ihr dabei. Wenn sie liest, holen wir uns ein Buch und setzen uns zu ihr.“

„Okay. *Mir* wird sie nicht entwischen.“

Sobald wir im Hausflur waren, setzte ich die Zauberbrille auf. Im Flur lauerten keine Poltergeister auf uns.

„Mum?“, rief ich. „Wir sind zu Hause!“

Die Antwort war Schweigen.

Freddy nahm seinen Rucksack ab und ließ ihn auf das Tischchen im Flur fallen. „Ist sie nicht da?“, fragte er nervös.

„Vielleicht ist sie oben oder im Keller.“ Ich bemühte mich, gelassen zu klingen. „Mum!“, rief ich noch einmal lauter.

Immer noch keine Antwort.

„Oder sie ist einkaufen gegangen“, sagte Freddy mit leicht zitternder Stimme.

In der Küche fanden wir eine Nachricht.

Jill und Freddy!
Euer Dad hat mich heute Nachmittag mit einem Blumenstrauß überrascht. Wir feiern heute

den Tag, an dem wir uns damals kennen gelernt haben. Ist das nicht nett von ihm? Wir gehen essen und hinterher ins Kino. Sind um elf zurück. Im Ofen steht eine Lasagne für euch. Macht bloß keinen Blödsinn!

Alles Liebe, Mum

„Das wäre dann das Ende unseres tollen Plans", stöhnte Freddy. „Was machen wir jetzt? Wir sind ganz allein im Haus!"

Er sah aus, als würde er gleich anfangen zu weinen. Ich biss mir auf die Lippe. Mir musste etwas einfallen, was ihn wieder aufmuntern würde. Etwas, was auch mich aufmuntern würde, um ganz ehrlich zu sein. Schließlich hatten wir einen beängstigend langen Abend vor uns! Irgendwie mussten wir die Zeit totschlagen. Und dann hatte ich eine Idee.

Ich begann, in den Schränken zu wühlen. „Wir machen unsere eigene Party!", rief ich. Ich legte eine Tüte Popcorn in die Mikrowelle, holte ein Tablett und stellte Schälchen mit Smarties darauf. Als der Mikrowellenherd klingelte, schüttete ich das heiße Popcorn in eine große Schüssel, die ich ebenfalls auf das Tablett stellte. „Fertig!", rief ich. „Hiermit ernenne ich den heutigen Abend zum offiziellen Fressabend! Hol ein paar Coladosen, und bring sie ins Wohnzimmer."

Freddys Augen leuchteten auf, als er die vielen leckeren Sachen sah. Mum wäre damit zwar nicht einverstanden gewesen, doch das war mir egal. Dies war ein Notfall.

Im Wohnzimmer deckte ich den Couchtisch mit den Naschereien.

„Und was machen wir jetzt?“, fragte Freddy.

„Wir könnten noch einmal Onkel Sollys Video ansehen“, schlug ich vor. „Das war doch lustig, oder?“

Freddy holte den Film aus dem Schrank. Wir legten ihn in den Videorekorder ein und setzten uns auf das Sofa.

Ich hatte ganz vergessen, dass ich immer noch die Zauberbrille aufhatte. Doch sobald Onkel Solly mit seinen Kunststücken anfing, merkte ich es. Und wie ich es merkte!

Ich riss vor Schreck den Mund auf. Dann nahm ich die Brille ab und setzte sie wieder auf. War das wirklich möglich?

Freddy starrte mich neugierig an. „Was hast du denn?“

„Das ... das Video“, stammelte ich. „Es sieht plötzlich anders aus!“

Durch die Brille hatte sich alles verändert. Überall um Onkel Solly herum, auf seinem Zaubertisch, auf seinen Schultern und auf seinem Kopf wimmelte es von Poltergeistern!

KAPITEL 16

Die haarigen, kleinen Kreaturen sprangen und hüpften über den Bildschirm. Sie wirkten ganz anders als die Poltergeister vom Abend zuvor. Die hier waren fröhlich, richtig niedlich!

Ich reichte Freddy die Zauberbrille. Als er sie aufsetzte, riss er staunend die Augen auf und packte mich am Arm.

„Das ist es! Verstehst du denn nicht?“, rief er. „Deswegen hat Onkel Sollys Zauber so echt gewirkt! Weil er echt *war*! Die Poltergeister haben für ihn gezaubert!“

Ich schluckte schwer.

Wenn Freddy Recht hatte, waren die Poltergeister in dem Videofilm nicht hinter Onkel Solly her. Ganz im Gegenteil.

Sie halfen ihm!

Ich nahm die Brille wieder an mich und starrte auf den Bildschirm.

Freddy hatte Recht! Immer, wenn ein Glas oder eine Kiste in der Luft schwebte, stand ein Poltergeist darunter und zeigte mit beschwörenden Gesten darauf!

„Für die kleinen Leute sorgen“, murmelte ich.

„Was?“

„Das hat Onkel Solly doch immer gesagt: ‚Kümmere dich um die *kleinen Leute*, dann bist du selbst versorgt.‘ Die Poltergeister – das müssen die kleinen Leute sein, von denen er immer gesprochen hat. Onkel Solly hat gewusst, dass wir nach seinem Tod eines Tages in dieses Haus ziehen würden.“

„Meinst du etwa, er wollte, dass wir uns mit den Poltergeistern anfreunden?“, fragte Freddy verblüfft.

Ich nickte. In meinem Kopf überschlugen sich die Gedanken. Vielleicht hatten wir uns von Anfang an geirrt. Vielleicht waren die behaarten, kleinen Gestalten gar keine bösen Geister!

Wenn wir mit unserer Vermutung richtig lagen – und uns wirklich mit ihnen anfreunden konnten, bräuchten wir keine Angst mehr vor ihnen zu haben. Und wir könnten alle zusammen hier wohnen bleiben!

Als ich gedankenverloren vor mich hin starrte, entdeckte ich plötzlich einen langen, dünnen Nebelschwaden, der aus einem winzigen Spalt zwischen zwei Dielenbrettern aufstieg.

Der Nebelstreifen kräuselte sich und schwoll an. Dann formten sich die Umrisse eines kleinen Mannes!

Nacheinander tauchten sie um uns herum auf. Einer schlüpfte wie Schleim aus einer Steckdose. Auf dem Boden bildete sich eine Pfütze, aus der erst der Kopf, dann die Schultern und schließlich der Rest auftauchten. Der Kleine hatte rotes Haar mit schwarzen Flecken.

Ein anderer schoss wie ein Laserstrahl aus dem Lichtschalter, prallte an den Wänden ab und balancierte schließlich auf dem Rand unserer Popcornschüssel. Er hielt den Blick auf den Bildschirm gerichtet.

„Freddy", flüsterte ich. „Sie sind da."

Bald schon befanden sich dutzende von ihnen im Zimmer. Sie hockten auf Lampen, Stühlen und Tischen und starrten mit traurigen Gesichtern auf den Fernseher.

Abwechselnd beobachteten Freddy und ich sie durch die Zauberbrille. Sie schenkten uns keine Beachtung.

Dann fingen sie wieder mit ihrem seltsamen Piepsen an, diesmal klang es jedoch anders – irgendwie jämmerlich.

„Ich – ich glaube, sie weinen", flüsterte Freddy.

„Ich auch", bestätigte ich. „Wahrscheinlich vermissen sie Onkel Solly."

„Vielleicht verstehen sie nicht, warum er nicht mehr da ist", mutmaßte Freddy.

„Kann sein." Mir kam ein Gedanke. „Und vielleicht waren sie deshalb so gemein zu uns! Sie halten uns für Eindringlinge."

Plötzlich hatte ich eine Idee. „Freddy“, flüsterte ich, „hol deine Zaubersachen, zieh deinen Umhang an, und setz den Zylinder auf.“

„Warum?“ Er sah mich verwirrt an, doch dann leuchteten seine Augen auf. „Ach, jetzt verstehe ich.“

Leise schlich er sich aus dem Raum, und ich hörte, wie er hinauf in sein Zimmer rannte. Die kleinen Wesen waren so in Onkel Sollys Video vertieft, dass sie es nicht einmal zu merken schienen.

Nun war ich allein, umgeben von kleinen Leuten. Ich bekam am ganzen Körper eine Gänsehaut. „Freddy, beeil dich“, flüsterte ich und biss die Zähne zusammen.

Nervös nahm ich einen Keks vom Tablett. Ich hatte zwar keinen Hunger, aber ich musste mich irgendwie beschäftigen.

Plötzlich hörte ich ein neugieriges „Pieps“ an meinem Ohr.

Ich drehte den Kopf und hielt den Atem an. Auf meiner Schulter saß ein winziges Männchen! Es war der mit dem gestreiften Pelz.

Er starrte wie gebannt auf meinen Keks und wirkte überhaupt nicht bedrohlich. Ich hielt ihm den Keks hin, damit er ihn untersuchen konnte.

Der kleine Kerl blinzelte aufgeregt. Dann stand

er auf, steckte seinen rüsselförmigen Mund in den Keks und fing an, die Füllung aus der Mitte zu saugen.

Er hörte erst auf, als die ganze Cremefüllung verschwunden war. Danach hockte er sich wieder hin und rülpste zufrieden. Seine kleinen Augen funkelten, doch irgendwie jagten sie mir keine Angst mehr ein.

Mein Herz tat vor Freude einen Sprung. Wir konnten uns *doch* mit ihnen anfreunden!

Freddy kam ins Wohnzimmer; er trug seine Zauberklamotten. Der Zylinder thronte schief auf seinem Kopf.

„Soll ich jetzt anfangen?"

„Nein, warte, bis das Video zu Ende ist", entschied ich. „Sonst werden sie vielleicht sauer, wenn wir es abschalten."

Freddy setzte sich wieder hin und schaute zu. Als die Stelle mit der Marionette in der Kiste kam, fingen die kleinen Leute an, wie wild zu piepsen, und zeigten auf den Bildschirm. Ich hätte schwören können, dass ihre Mienen voller Angst waren. Was hatte das zu bedeuten?

Schließlich war der Film zu Ende. Die Kreaturen beruhigten sich, und ich stieß Freddy an.

„Jetzt", flüsterte ich.

Er schluckte schwer. Dann stellte er sich vor den Fernseher und verkündete mit zitternder

Stimme: „Meine Damen und Herren, gestatten, Frederico der Große!“

Er verbeugte sich und schwenkte seinen Zauberumhang.

Die kleinen Leute hörten auf zu piepsen und beobachteten ihn neugierig mit funkelnden Augen.

„Sehen Sie?“, begann Freddy. „Ich habe nichts in den Händen. Und auch nichts im Ärmel.“ Er rieb sich die Hände, machte eine Faust und zog ein Taschentuch aus der Faust.

Doch er war nervös und verpatzte den Zaubertrick. Der Plastikdaumen, in dem er das Seidentuch versteckt hatte, fiel ihm aus der Hand und rollte auf den Boden.

Ein lautes Piepsen folgte. Die kleinen Knirpse wälzten sich auf dem Boden, hielten sich die Bäuche vor Lachen.

„Was machen sie?“, fragte Freddy mich.

Ich grinste. „Ich glaube, sie lachen dich aus.“

Er wurde rot und zog rasch einen Stoß Karten heraus und fächerte sie in der Hand auf. Doch wieder verdarb er den Trick, und alle Karten fielen auf den Boden!

Freddy machte ein unglückliches Gesicht. Er war so stolz auf seine Kunststücke. Doch heute war er einfach zu nervös, um sie richtig vorzuführen.

Den kleinen Leuten schien das nichts auszumachen, sie fanden ihn umwerfend komisch.

Einer von ihnen setzte plötzlich zum Sprung an und landete auf Freddys Schulter.

„Freddy“, sagte ich ruhig, „auf deiner Schulter hockt ein kleiner Mann. Beweg deine Hände über den Karten. Mal sehen, was dann passiert.“

Freddy fuhr mit zitternder Hand über die Karten und sagte: „Abrakadabra!“

Das Männchen schnipste mit den Fingern. Sofort flogen die Karten vom Boden auf und trafen Freddy voll an der Nase.

„Au!“ Freddy rieb sich die schmerzende Nase und sah mich empört an.

„Werd bloß nicht wütend“, warnte ich ihn. „Du musst lachen!“

„Ha, ha“, sagte Freddy nicht sehr überzeugend.

„Lauter!“, beharrte ich. „Es muss so klingen, als würdest du es wirklich lustig finden.“

Um ihm zu helfen, lachte ich mit. Zuerst fiel es mir auch nicht leicht, doch dann fingen wir an, die ganze Situation komisch zu finden. Und schließlich lachten wir wirklich.

Die kleinen Männer piepsten fröhlich. Jetzt hüpften noch mehr auf Freddys Körper herum. Die Karten schwebten in der Luft, aber als Freddy mit den Händen wedelte, folgten die Karten plötzlich seinen Bewegungen!

„Wow!“, sagte er überrascht. Ich klatschte in die Hände.

Die kleinen Geschöpfe halfen Freddy bei jedem Zaubertrick. Im Nu hatten sie ihre Schüchternheit verloren, schaukelten an unseren Fingern und tanzten auf unseren Armen herum.

„Das ist toll!“, dachte ich. „Jetzt sind unsere Probleme gelöst. Wir brauchen keine Angst mehr zu haben!“

Aber da irrte ich mich ganz gewaltig.

Denn mitten in Freddys Vorführung zerriss plötzlich ein schauderhaftes Heulen die Stille. Ein eiskalter Schauer lief mir den Rücken hinunter.

Was war das?

Die kleinen Leute erstarrten. Wir starrten alle voller Angst auf die offene Wohnzimmertür.

Etwas stürzte aus dem Flur ins Zimmer.

Etwas Blaues.

Es war nicht größer als ein Basketball. Es stand auf krummen Hinterbeinen, und seine langen Arme waren mit mattem blauem Fell bedeckt.

Das Geschöpf hob seine Arme und stieß einen gellenden Schrei aus. Klauen blitzten im Licht auf, die roten Augen glühten. Von seinen langen gelben Fangzähnen tropfte Schleim auf den Boden, wo er sich zischend und rauchend in Luft auflöste.

Ich hielt den Atem an. Diesen zum Leben erweckten Albtraum kannte ich schon. Das widerliche Geschöpf war mir erst vor wenigen Minuten begegnet.

Es war die grässliche Marionette aus der Kiste.

Doch jetzt war es keine Marionette mehr.

Es lebte!

Kapitel 17

„Die Marionette! Sie lebt!“, schrie Freddy schrill.

Anscheinend brauchte er keine Zauberbrille, um sie zu sehen. Als das Monster seine Stimme hörte, schwankte es auf Freddy zu. Es bewegte sich wie ein Affe vorwärts und schwang dabei die Arme, dann richtete es sich auf, um Freddy anzugreifen.

„Aaaah!“, schrie Freddy und sprang zur Seite.

Überall hüpften die kleinen Leute voller Panik umher. Einer von ihnen ritt auf Freddys Schulter und klammerte sich Schutz suchend an ihm fest.

Wo war das bösartige Geschöpf hergekommen?

Blitzartig fiel es mir ein: Aus der Kiste auf dem Dachboden war Luft entwichen – oder war es doch nicht nur Luft gewesen?

Ich griff das Nächstbeste, was ich finden konnte, und warf es. Es war ein Keks. Das Monster fing ihn in der Luft auf, stopfte ihn sich in den Mund und schluckte ihn hinunter.

Einen Augenblick später verwandelte sich sein Gesicht in eine noch grässlichere Fratze. Es fing an zu keuchen. Dann spuckte es den Keks und einen Schwall bläulichen Schleim auf den Boden.

„Igitt, ist das eklig!“, stöhnte ich.

Wütend knurrte das Monster mich an. Sein Maul war ein klaffendes Loch, das fast sein ganzes Gesicht einnahm.

„Hey! Wo ist es?“, rief Freddy.

„Es ist da drüben, links von dir“, rief ich und zeigte darauf. „Kannst du es nicht mehr sehen?“

„Nein.“ Er sah mich voller Angst an. „Ich kann es nicht sehen. Anscheinend kann es sich unsichtbar machen!“

„Ich kann es immer noch durch die Zauberbrille sehen.“

Ich schaute mich suchend nach etwas um, was ich als Waffe benutzen konnte, doch ich fand nichts.

Plötzlich stürzte sich das Monster auf meinen kleinen Bruder.

„Freddy!“, schrie ich. Ohne zu überlegen, sprang ich dem Angreifer in den Weg und versuchte, ihn abzuwehren. Dabei verstauchte ich mir den Fuß und stöhnte vor Schmerz laut auf.

Ich wälzte mich mit der Kreatur auf dem Boden herum. Sie war zwar viel kleiner als ich, aber sehr schwer. Ihr Fell fühlte sich schmierig und struppig an. Und erst der Gestank! Es roch wie Müll an einem heißen Sommertag. Schließlich schleuderte ich sie, so hart ich konnte, gegen die Wand.

Das Monster schlug mit einem dumpfen Schlag auf. Es glitt auf den Boden und blieb dort liegen. Bewegungslos.

Ich stand auf und wischte mir die Hände an meiner Jeans ab, doch der schmierige Film blieb an meinen Handflächen haften. Und der Gestank auch. Mir wurde ganz übel.

Als ich einen Schritt weg von der Kreatur machen wollte, schoss ein heftiger Schmerz durch meinen verstauchten Fuß. Oh nein! Wie konnte ich jetzt entkommen?

„Freddy, ich bin verletzt", jammerte ich.

Er kam herbeigeeilt. „Kannst du gehen?", fragte er besorgt.

Ich biss die Zähne zusammen. „Ich werde es versuchen."

Freddy stützte meinen Arm, um meinen Fuß zu entlasten. Wir wankten zur Tür. Um uns herum sprangen lauter kleine Leute von den Wänden herunter. Ich fragte mich, warum sie nicht einfach verschwanden, denn sie schienen vor Angst fast durchzudrehen.

„GGGGRRRRRRRRRGGGGHHH!"

Mir drehte sich der Magen um. Ich warf einen Blick über meine Schulter.

Das Monster hatte sich von seiner Betäubung erholt und kroch hinter uns her. In seinen Augen las ich einen schrecklichen Appetit.

Ich war seine Beute – eine leichte Beute. Es war nur noch eine Frage der Zeit.

„Wir müssen uns beeilen, Freddy“, stöhnte ich. „Es verfolgt uns.“

Wir schleppten uns hinaus in den Flur. Ich schlug mir meinen verletzten Fuß an der Kommode an. Es tat so weh, dass ich zusammenzuckte.

„Aaah!“, schrie Freddy plötzlich. Er hatte das Gleichgewicht verloren. Wir stürzten zu Boden.

„Au“, stöhnte ich. Zitternd und unter großen Schmerzen zog ich mich hoch. Ich konnte das Monster nicht mehr sehen. Voller Angst suchte ich mit den Augen den Flur ab.

Da! Hinter der Kommode war es! Es schlich sich leise heran.

Jetzt war es nicht mal mehr einen Meter weg!

Ich fühlte mich total hilflos. Ein lauernder Ausdruck von Schadenfreude spiegelte sich auf dem Gesicht des Monsters.

Doch bevor es noch einen Schritt machen konnte, traf es ein Schlüsselbund mitten im Gesicht.

Das Monster knurrte und wich zurück. Es hagelte eine Taschenlampe, dann eine Bürste.

Das war Freddy! Er bekämpfte das Monster mit den Dingen, die auf der Kommode herumlagen!

„Weiter so, Superhirn!“, feuerte ich ihn an.

„Der Gestank verrät mir, wo es sein muss!“, rief er mir zu und warf noch eine Dose mit Bonbons in die Richtung des Monsters.

Doch kurz darauf gingen ihm die Wurfgeschosse aus. Verzweifelt blickte er um sich.

Das Monster fing wieder an, sich heranzuschleichen. Es knurrte, und der Speichel tropfte ihm aus den Mundwinkeln.

Der winzige Mann auf Freddys Schulter piepste wie verrückt. Dann bemerkte ich, dass alle anderen kleinen Leute aus ihrem Versteck gekommen waren. Sie tanzten um das Monster herum und schnipsten vor seiner Nase mit den Fingern herum.

Mir wurde sofort klar, was sie damit bezweckten: Sie wollten das Monster ablenken.

Deswegen waren sie nicht einfach verschwunden.

Sie wollten uns retten!

Das Monster raste vor Wut. Es schlug wie wild um sich und versuchte, die tanzenden, kleinen Leute zu erwischen.

„Lass uns von hier verschwinden, Freddy“, flüsterte ich. „Während die kleinen Männer es ablenken.“

Freddy half mir wieder auf die Beine. „Aber wohin?“

„In die Küche.“ Ich wusste, dass wir dort etwas

finden würden, womit wir das Monster bekämpfen konnten. Messer, Töpfe und Pfannen oder das Nudelholz. In der Küche hatten wir vielleicht eine Chance.

Wir hatten bereits die Küchentür erreicht, als wir einen schrillen Schrei hinter uns hörten und herumwirbelten.

Das Monster hatte einen der kleinen Männer gepackt – meinen Freund mit den Streifen! Es hielt den winzigen Mann in seinen Krallen und grinste mich böse an.

„Was ist los?“, wimmerte Freddy ängstlich.

„Ich glaube nicht, dass du das wirklich wissen willst“, flüsterte ich. Jetzt wurde mir richtig schlecht.

Ohne den Blick von mir abzuwenden, stopfte das Monster den kleinen Mann in sein Maul und verschlang ihn gierig.

Mit Haut und Haaren.

Kapitel 18

„Nein!“, schrie ich entsetzt.

Aber es war schon zu spät – der kleine Mann war verschwunden.

Freddy und ich stießen die Küchentür auf. Ich ließ mich auf einen Stuhl fallen und versuchte, das Geräusch des Monsters zu ignorieren, das im Flur knurrte und die kleinen Leute jagte.

„Ach, Freddy“, stöhnte ich. „Wie konnten wir uns in den kleinen Leuten so irren? Der arme Kerl hat sein Leben geopfert, um uns zu retten!“

Freddy war leichenblass geworden. „Was sollen wir jetzt tun, Jill?“, fragte er leise.

Ich stützte meinen Kopf in die Hände und zwang mich zur Ruhe. Ich musste nachdenken.

Irgendwie hatte Onkel Solly das Monster unter Kontrolle gehalten – aber wir waren nicht Onkel Solly. Er war ein erfahrener Zauberer gewesen, wir waren nur zwei Kinder.

Wir mussten das Biest auf altmodische Weise bekämpfen.

„Ein Messer“, sagte ich. „Such Mums größtes Messer, und bring mir die große Pfanne aus dem Schrank am Fenster.“

Freddy sprang in der Küche herum und holte die Sachen, um die ich ihn gebeten hatte. Das

Messer, das er anbrachte, war riesig – die Klinge war fast 20 Zentimeter lang. Und die Pfanne war so schwer, dass ich sie kaum halten konnte.

Ich legte meine Waffen vor mir auf den Tisch.

„Was hast du vor?“, fragte Freddy.

Ich packte ihn am Arm. „Ich will, dass du wegrennst. Jetzt gleich, während die kleinen Leute das Monster ablenken. Hol die Polizei. Oder einen Nachbarn – egal, wen.“

Freddy presste stur die Lippen aufeinander. „Ich lass dich nicht allein zurück.“

„Das musst du aber“, beharrte ich. „Ich kann nicht laufen, aber mir wird nichts passieren. Ich kann das Monster durch meine Brille sehen, und außerdem wissen wir jetzt, dass es verwundbar ist.“ Ich legte die Hand auf die Bratpfanne. „Wenn es in meine Nähe kommt, befördere ich es ins Jenseits. Mach dir keine Sorgen, mir passiert schon nichts.“

Ich hoffte, optimistischer zu wirken, als ich mich tatsächlich fühlte. Ich war mir überhaupt nicht sicher, ob ich mich wirklich gegen das Ungeheuer verteidigen konnte. Vor allem, da ich nicht laufen konnte.

Doch selbst wenn ich es nicht schaffte, würde Freddy wenigstens in Sicherheit sein.

Er schüttelte den Kopf. „Das mach ich nicht. Du brauchst mich doch.“

„Hey! Wer ist hier eigentlich die Ältere?“, fragte ich grob, damit er nicht hören sollte, wie meine Stimme zitterte. „Du rennst jetzt weg, versprich es mir.“ Ich schüttelte ihn. *„Versprich es mir!“*

Zögernd nickte er. Dann strich er sich mit seiner Hand über den Kopf. „Vielleicht kommt das Monster gar nicht in die Küche“, sagte er. „Vielleicht ist es schon satt.“

Ich lauschte. Das Biest war jetzt leise.

Irgendwie war das noch schrecklicher als das Knurren. Was hatte es den kleinen Leuten angetan? Hatte es sie alle aufgefressen?

Wir blieben voller Unruhe sitzen. Hin und wieder drang ein Geräusch zu uns in die Küche. Es klang, als würden Krallen auf dem Holzboden kratzen.

„Was macht es jetzt?“, flüsterte Freddy.

„Wer weiß? Es ist schlau“, erwiderte ich. „Wahrscheinlich heckt es gerade einen Plan aus. Hier, hilf mir mal, meinen Stuhl vom Tisch wegzurücken.“

Wir stellten den Stuhl so hin, dass ich direkt auf die Küchentür sehen konnte. Das Monster sollte *mich* als Erstes sehen, wenn es hereinkam. Wenn ich so nahe an der Tür war, dass ich es packen konnte, dann würde Freddy genug Zeit haben wegzurennen.

Die Sekunden vergingen quälend langsam.

Plötzlich hörte ich ein wildes Scharren auf dem Holzboden.

Einen Augenblick später flog die Tür auf, und ein Knäuel aus blauem Fell schoss durch die Küchentür.

Das Monster! Es stürzte direkt auf mich zu.

Ich griff nach dem Messer, das auf dem Tisch lag. „Lauf, Freddy!", rief ich. „Lauf!"

Das Biest sprang mit voller Wucht auf meinen Brustkorb. Ich kippte mit meinem Stuhl nach hinten und stürzte auf den Boden.

Freddy rannte aus der Küche.

Das Monster kratzte mich an den Armen und am Kopf. Ich versuchte, es mit dem Messer zu erwischen. Böse knurrend hieb es mit seinen Klauen auf meinen Arm ein.

Ich heulte vor Schmerz auf, das Messer flog aus meiner Hand und rutschte laut scheppernd über den Boden.

Was nun? Ich hatte solche Panik, dass ich nicht mehr klar denken konnte. Ich stürzte mich auf das Ungeheuer und versetzte ihm einen Fausthieb in den behaarten blauen Bauch.

Es fing an zu würgen. Dann spuckte es den kleinen Mann mit den Streifen aus!

Der arme, kleine Kerl war voller Schleim. Man konnte seine Streifen unter der dickflüssigen bläulichen Schicht kaum noch erkennen. Doch er war gesund und munter, rappelte sich schnell auf und floh über den Fußboden Richtung Tür.

„Ja, renn weg, kleiner Mann!“, schrie ich.

Wieder schlug ich auf das Monster ein.

„GGGGRRRRGGGHHH!“, heulte es und zielte mit seinen Klauen auf meine Augen.

Ich versuchte, ihm auszuweichen, doch ich war nicht schnell genug. Die Klauen rissen mir die Zauberbrille vom Gesicht.

Verzweifelt musste ich zusehen, wie sie quer durch den Raum gegen die Wand flog und zersplitterte.

„Nein!“, schrie ich. „Nein, nein!“

Ohne die Brille war ich nicht mehr in der Lage, das Monster zu sehen. Es konnte überall sein. Es konnte sich von hinten anschleichen oder einfach von vorn auf mich zugehen.

Das war das Ende.

KAPITEL 19

Ohne die Zauberbrille war ich praktisch blind! Wo war das Monster?

Ich hörte das Geräusch seiner Klauen auf den Küchenfliesen näher kommen. Ganz langsam immer näher. Es wollte mich zappeln lassen.

Voller Angst rutschte ich auf dem Stuhl bis zum Kühlschrank. Ich hielt mich an dem Griff fest und versuchte, mich hochzuziehen.

Dann spürte ich einen starken Lufthauch, und ein übler Gestank stieg mir in die Nase. Das Biest musste an mir vorbei auf den Kühlschrank gesprungen sein.

Etwas widerlich Klebriges fuhr über meine Wange. War das eine Zunge? Schleckte mich das Monster etwa ab? Ich kreischte vor Angst, sprang auf und stolperte ans andere Ende der Küche – trotz meines verletzten Fußes!

Ich kauerte in der Ecke und rieb mir heftig die Stelle im Gesicht, die von der schleimigen Zunge des Ungeheuers klebrig war. Mir wurde schlecht. Das Zeug fühlte sich kalt und schleimig an – und es stank erbärmlich.

Ich hörte das Monster über die Küchenplatte huschen. Eine Schublade öffnete sich, und ein Fleischspieß schwebte in die Luft.

Für einen Augenblick verharrte er an derselben Stelle, dann schoss er wie ein Pfeil durch die Luft. Geradewegs auf mich zu! Ich schrie und kniff die Augen zu.

Klack!

War ich aufgespießt? Ich spürte keinen Schmerz. Vorsichtig öffnete ich die Augen und sah nach rechts, von wo das Geräusch gekommen war.

Der Metallspieß hatte meinen Ärmel an die Wand gepinnt.

Ich riss an meiner Bluse, bis der Ärmel frei war. „Das Monster spielt mit mir“, dachte ich. „Es macht sich einen Spaß mit mir, wie eine Katze, die mit einer Maus spielt. Nur, dass *ich* die Maus bin!“

Unter großen Schmerzen stand ich auf. Wo steckte das gemeine Biest? Es war nicht mehr zu hören.

Ich sah zur Tür. Gerade wollte ich zum Sprung ansetzen, da zerkratzten unsichtbare Klauen meine Fußknöchel. Ich stolperte und schlug mir das Kinn am Fliesenboden auf. Es tat so weh, dass mir Tränen in die Augen schossen.

An den Knöcheln wurde ich zum Spülbecken zurückgezerrt. Ich brüllte vor Panik. Das Monster hatte unheimlich viel Kraft!

Dann hörte ich es erwartungsvoll schmatzen.

Mühsam rappelte ich mich auf, doch sofort klammerten sich kratzige Arme um meine Knie und versuchten, mich zu Boden zu ziehen. Verzweifelt schaute ich mich um, es musste doch irgendetwas geben, was ich als Waffe benutzen konnte!

Mein Blick fiel auf die Mehldose. Vor meinen Augen formte sich ein Bild: winzige Fußspuren im Puder auf meiner Kommode.

Und da kam mir eine Idee.

Sie konnte nur funktionieren, falls Mum die Mehldose nach dem Desaster mit dem Kuchenbacken wieder aufgefüllt hatte. „Oh bitte, bitte", flehte ich im Stillen. Ich griff nach der Dose und riss den Deckel auf.

Als ich das weiße Puder sah, weinte ich fast vor Erleichterung.

Ich leerte die ganze Mehldose über dem Monster aus.

Ein Volltreffer! Das Mehl blieb an seinem schmierigen Fell hängen, und es sah aus wie ein struppiges Wollknäuel, mit Fangzähnen und Klauen.

Das Ungeheuer hustete und wischte sich die Augen. Ich packte Mums Nudelholz aus Marmor, das auf dem Schrank lag, und schlug mit aller Kraft zu.

Aber ich hatte so große Panik, dass ich daneben zielte. Der Schlag landete auf der Schulter des Monsters, statt auf seinem Kopf. Trotzdem heulte es auf und ließ meine Beine los.

Ich kickte es weg. Leise stöhnte ich vor Schmerz auf – versehentlich hatte ich mein verletztes Bein benutzt.

Benommen blieb das Monster mitten auf dem Boden liegen. Ich humpelte hin und hob das Nudelholz hoch.

Doch ich hatte nicht die Kraft, dem Biest noch einen Schlag zu verpassen. Meine Muskeln gaben nach. Ich ließ das Nudelholz fallen und sank auf den Küchenboden.

Das Monster stöhnte. Es bewegte sich.

Ich starrte es an. Ich war hilflos. Ich konnte ihm nicht entkommen, ich hatte keine Kraft mehr.

Zwei rote Punkte so groß wie Stecknadelköpfe leuchteten im behaarten Gesicht des Ungeheuers auf. Die Augen. Sie funkelten mich böse an.

Das Monster wachte wieder auf!

Kapitel 20

Mit einem lauten Knurren richtete sich das Monster auf und schüttelte sich, bis eine Mehlwolke an ihm herunterrieselte. Doch ich konnte es immer noch deutlich sehen.

Es war kein schöner Anblick.

Das Biest bebte vor Wut.

Und dann begann es mit einem Mal, sich zu verändern.

Sein Gesicht wurde schmaler und die Gesichtszüge schärfer. Die Augen quollen aus ihren Höhlen. Scharfe Dornen wuchsen aus seinen haarigen Armen. Es machte eine Faust, und als es die Hand wieder öffnete, waren die Klauen länger und spitzer als vorher.

„Oh nein", flüsterte ich. Jetzt war wirklich alles vorbei. Ich war verloren.

Ich kniff die Augen fest zusammen und wartete auf das sichere Ende.

Doch dann hörte ich ein lautes Piepsen.

Die kleinen Leute! Das Monster hatte sie nicht alle verschlungen. Und sie waren wieder da!

Vorsichtig öffnete ich ein Auge. Etwas schwebte in der Nähe meines Kopfes in der Luft – eine Holzkiste.

Die Marionettenkiste! Die kleinen Leute mussten sie vom Dachboden geholt haben!

Auch das Ungeheuer bemerkte die Kiste. Der Anblick schien seine Laune noch zu verschlimmern. Laut brüllend sprang es auf mich zu.

Aber eine Stimme aus der offenen Küchentür ließ es innehalten.

„Hey, Monster!"

Freddy! Ich konnte es nicht glauben. Mein kleiner Bruder stand im Türrahmen. Er trug einen Fahrradhelm und Knieschoner, und in der Hand hielt er seinen Baseballschläger.

Er wirkte total lächerlich, aber ich war noch nie so froh gewesen, ihn zu sehen!

Das Monster kreischte vor Wut und sprang auf Freddy zu.

„Ergib dich!", schrie Freddy und schwang den Holzschläger.

Knacks! Der Schläger erwischte das Monster an der Brust. Holz splitterte.

Der Schläger zerbrach in zwei Teile!

Das Monster fiel nach hinten – auf mich zu.

Hastig hob ich das Nudelholz vom Boden auf. Diesmal hatte ich nicht vor, daneben zu treffen.

Wham! Ich gab mein Bestes und ließ das Nudelholz auf das Biest niedersausen.

Das Monster grunzte und sackte in sich zusammen. Ich hatte es k. o. geschlagen.

„Pieps!“, sangen die kleinen Leute. Die Marionettenkiste fiel neben mir auf den Boden.

Ich hob das schmierige Monster auf, stopfte es in die Kiste und schlug den Deckel zu.

Dann sank ich erschöpft zu Boden.

Freddy rannte herbei. „Bist du okay?“, rief er. „Ich dachte schon, das Monster würde dich umbringen!“

„Alles in Ordnung“, keuchte ich. „Dank der kleinen Leute – und dir!“

Dann runzelte ich die Stirn. „Hey, hatte ich dir nicht gesagt, du sollst wegrennen?“

Freddy grinste. Mit dem Helm sah er bescheuert aus. „Würde ein Texaner wegrennen?“

Ich lachte. Mein Bruder, das Superhirn. Er war wirklich voll in Ordnung!

Ein leises Klirren erfüllte den Raum. Freddy und ich drehten uns um.

Tausende winziger Glassplitter stiegen vom Boden auf. Neben ihnen schwebte das Drahtgestell in der Luft. Dann fügten sich im Handumdrehen alle Teile wieder zusammen.

Die Zauberbrille war wieder ganz.

Quer durch die Küche schwebte sie auf mich zu, und ich setzte sie auf.

Die kleinen Leute hatten sich strahlend um uns herum versammelt. Ich winkte ihnen zu. „Hallo Jungs. Und tausend Dank!“

Der kleine mit den Streifen sprang auf meinen Schoß. „Pieps!“, fiepte er.

„Also, ich nehme an, das –“, fing ich an.

Ich wurde von einem Geräusch aus der Holzkiste unterbrochen.

Das Monster hämmerte von innen gegen den Deckel!

Die Kiste polterte und hüpfte auf dem Boden herum. Der kaputte Riegel zitterte und bebte.

Das Biest versuchte auszubrechen!

Kapitel 21

„Oh nein, das wirst du nicht!“, schrie ich.

Ich richtete mich auf und warf mich auf die Kiste, in der das Monster jetzt wie wild gegen den Deckel schlug.

Bäng! Bäng!

„Schnell!“, sagte ich zu Freddy. „Hol Draht oder was Ähnliches, womit wir den Riegel zubinden können!“

„Okay“, sagte Freddy. „Lass es bloß nicht entwischen.“

„Na, mach schon!“, rief ich ungeduldig. „Beeil dich bitte!“

Freddy rannte hinaus. Grimmig hielt ich den Deckel zu.

Bäng! Bäng! Bäng!

Jedes Mal, wenn das Monster gegen den Deckel schlug, machte die Kiste einen Satz. Aber ich war darauf vorbereitet. Wie eine Rodeoreiterin ritt ich auf der Kiste. Dieses behaarte Biest würde mir nicht entwischen! Ich hatte keine Lust, den Albtraum noch einmal durchzustehen!

Endlich kam Freddy wieder in die Küche gerannt. Er schwenkte ein Hängeschloss in der Hand. „Das hab ich in Dads Werkzeugkasten gefunden“, sagte er keuchend, kniete sich neben mich, steckte das Schloss durch den Riegel und ließ es zuschnappen.

Stille. Sofort hörte das Monster auf zu kämpfen. Irgendwie schien es zu ahnen, dass es aussichtslos war.

Völlig erschöpft saßen Freddy und ich auf dem Fußboden, mit dem Rücken an die Küchenschränke gelehnt.

„Wir haben es geschafft, Jill!“, jubelte Freddy.

Ich sah meinen kleinen Bruder an. Seine Augen glänzten vor Aufregung. Auch ich war glücklich, aber vor allem war ich furchtbar müde.

Und doch gab es noch etwas, was ich tun musste.

Ich zeigte auf die verschlossene Kiste. „Fühlst du dich damit sicher?“, fragte ich Freddy.

Er verzog sein Gesicht. „Eigentlich nicht.“

Ich stand auf und humpelte in die Garage, wo ich den Hammer und ein paar Nägel aus Dads Werkzeugkasten holte. Damit nagelte ich den Deckel der Kiste zu – nur für alle Fälle.

Gemeinsam trugen wir die Kiste auf den Dachboden und versteckten sie hinter dem größten Haufen Kartons. Wir wollten nicht, dass Mum und Dad sie jemals finden und öffnen würden!

„Das müsste reichen“, meinte ich.

„Vielleicht. Aber falls hier in der Gegend ein

neues Haus gebaut wird, sollten wir die Kiste einbetonieren“, erwiderte Freddy, ohne zu lächeln.

Wir gingen wieder nach unten, gefolgt von dutzenden von kleinen Leuten, die wie verrückt piepsten. Anscheinend gefiel ihnen, was wir getan hatten.

Mir kam ein Gedanke. „Vielleicht hat Onkel Solly sie so zu seinen Freunden gemacht. Vielleicht ist das Monster ihr Feind, und er hat es gefangen. Genau wie wir.“

In der Küche starrte ich auf das Chaos. Überall war Mehl. Der Fleischspieß hatte ein Loch in der Wand hinterlassen. Die Stühle waren umgeschmissen.

Und erst das Wohnzimmer! Was für eine Unordnung erwartete uns wohl dort? Ich dachte an die Schleimpfütze, die das Monster hinterlassen hatte. Igitt, wie ekelhaft! Und *das* würde ich aufwischen müssen?

Auf dem Küchentisch piepsten lauter kleine Leute. Ich runzelte nachdenklich die Stirn und streckte meine Hand aus. Einer von den Winzlingen kletterte auf meine Handfläche; es war der braune, den wir zuallererst in der Dachkammer gesehen hatten. Ich setzte ihn auf meine Schulter.

„Was sagst du dazu, kleiner Mann?“, fragte ich

ihn. „Kannst du uns beim Saubermachen helfen?“

„Pieps!“

Ich zeigte auf das Mehl und dann auf die Dose.

„Pieps! Pieps!“

Der kleine Mann machte kreisende Handbewegungen, und das Mehl stieg in einem weißen Wirbelsturm auf. Staub und Monsterdreck formten sich zu einem zweiten schmutzigen Wirbel.

Das Mehl wirbelte in die Dose zurück. Der Dreck verzog sich in den Abfalleimer.

Ich hob die Mehldose auf und roch daran. Frisches schneeweißes Mehl!

„Super!“, rief ich.

Danach wurden auch die anderen kleinen Leute aktiv: Das Messer schwebte in die Schublade zurück, der Fleischspieß folgte ihm. Die Pfanne segelte wieder zurück in den Schrank. Und die Löcher in der Wand füllten sich vor unseren Augen mit den heruntergerieselten Putzteilchen – es war wie ein Video beim Rückspulen.

Wir wanderten durch das ganze Haus. Überall räumten die kleinen Männchen auf. Und alles, was sie berührten, wurde sauberer und strahlender als zuvor.

Im Handumdrehen war alles blitzblank. Freddy und ich standen im Wohnzimmer und sahen uns begeistert um.

„Ihr seid echt die Größten“, sagte ich zu den kleinen Leuten. „Wisst ihr, ihr könntet als Putzdienst eine Menge Geld verdienen!“

In diesem Augenblick ging die Haustür auf, und unsere Eltern traten ein.

„Hoffentlich haben sie nicht wieder alles auf den Kopf gestellt“, sagte Mum im Flur. „Und dann dieser ganze Quatsch über Poltergeister! Ehrlich gesagt, mache ich mir ein bisschen Sorgen um sie.“

„Ich glaube nicht, dass es so ernst ist“, erwiderte Dad.

Wir begrüßten sie vor dem Wohnzimmer. Staunend sah Mum sich um.

„Na, so was! Ihr habt ja sauber gemacht.“ Sie strich mit dem Finger über ein paar Regale. „Und wie ihr sauber gemacht habt!“ Dann sah sie uns prüfend an. „Hat euer Vater euch das aufgetragen?“

Ich lachte. „Nein! Wir dachten bloß – du weißt schon. Wo es doch ein ganz besonderer Tag ist.“

Mum wirkte immer noch misstrauisch. „Na, ich hoffe, ihr habt auch ein bisschen Spaß gehabt. Was habt ihr denn sonst noch gemacht?“

„Ein Video angesehen“, erzählte ich ihr.

Sie seufzte. „Immer nur fernsehen! Ich wünschte, ihr Kinder würdet auch mal ein bisschen aktiv sein, Sport treiben oder so. Ihr werdet noch zu richtigen Stubenhockern!“

Das war zu viel für Freddy. *„Aktiv?“*, stieß er empört aus. „Willst du hören, wie aktiv wir waren?“

Ich stieß ihm unauffällig den Ellbogen in die Seite. Das brachte ihn zum Schweigen.

„Wir werden uns bemühen“, sagte ich zu Mum.

Sie lächelte. Dann zog sie Freddy und mich zu sich heran und umarmte uns. „Ich weiß, dass ihr euch bemüht. Und ich weiß, dass wir alle miteinander hier glücklich werden. Findet ihr dieses Haus nicht auch schön?“

Freddy und ich tauschten einen viel sagenden Blick aus.

„Ja, klar“, sagte ich dann. „Sehr.“

Mein Bruder und ich sagten Gute Nacht und gingen zu Bett. Sobald wir das Wohnzimmer verlassen hatten, setzte ich die Zauberbrille auf. Ein winziger, behaarter Mann auf dem Treppengeländer verbeugte sich höflich vor uns.

„Ein Gutes hat dieses Haus auf jeden Fall“, sagte ich. „Von jetzt an wird Aufräumen ein Kinderspiel sein!“

Kapitel 22

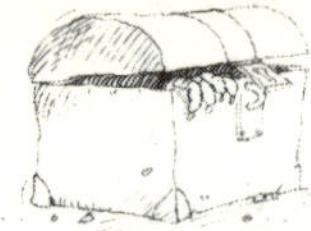

Am nächsten Morgen winkte ich Freddy zum Abschied zu, als er in seine Schule ging. Zwei kleine Leute saßen zufrieden auf seinen Schultern. Sicher würde er in seiner Klasse heute eine ganz besondere Zaubershow bieten.

Ich hatte gerade Breanna vor meiner Schule getroffen, als mir jemand auf die Schulter klopfte. Ich drehte mich um. Hinter mir stand Breannas Bruder Bobby.

Er grinste mich an. „Na, wie geht's, Texanerin?"

„Hi Bobby", sagte ich vorsichtig. Ich war immer noch nicht sicher, was ich von ihm halten sollte.

Er wandte sich an seine Schwester. „Hast du sie schon gefragt?"

„Ich habe noch keine Gelegenheit dazu gehabt", antwortete Breanna. „Frag sie doch selber."

Bobby sah mich an. „Kommst du zu unserer Party?"

Ich spürte, wie mir das Blut in die Wangen stieg. „Ihr gebt eine Party?"

„Am nächsten Freitag", bestätigte Breanna.

„Und ich bin eingeladen?"

„Klar bist du das!", antwortete Breanna lachend. „All unsere Freunde sind eingeladen."

Sie hatte *Freunde* gesagt.

Ich strahlte. „Ich komme wahnsinnig gern“, sagte ich zu den Zwillingen.

In der ersten Stunde hatten wir Biologie. Mrs McCord war damit beschäftigt, etwas an die Tafel zu schreiben.

Ich setzte meine Zauberbrille auf und zeigte auf die Lehrerin. Der kleine Mann mit den Streifen, der auf meiner Schulter saß, nickte und hüpfte an die Tafel.

Schwupps! zerbrach die Kreide in Mrs McCords Hand. Sie nahm ein zweites Stück Kreide, aber auch das zerbröckelte. Und die beiden nächsten auch.

Schließlich gab Mrs McCord auf. „Das verstehe ich nicht“, murmelte sie verwirrt. „Wer hat schon mal was von verfaulter Kreide gehört?“

Ich steckte die Brille wieder in meinen Rucksack und stand auf. „Lassen Sie mich Ihnen helfen, Mrs McCord“, sagte ich laut.

Die Lehrerin sah mich über den Rand ihrer Brille an.

Ich ging zur Tafel und nahm ein Stück Kreide. „Was soll ich schreiben?“

„Das ist nett von dir, Jill, aber mit der Kreide stimmt was nicht“, bedankte sie sich lächelnd.

Ich zuckte mit den Schultern. „Ich weiß nicht,

was Sie meinen." Ich nahm ihre Notizen und fing an, an die Tafel zu schreiben. Dabei spürte ich, dass alle mich anstarrten.

Nach einer kurzen Weile sagte die Lehrerin: „Lass mich mal die Kreide sehen."

Ich gab ihr das Kreidestück, das ich benutzt hatte. Sie schaute es prüfend an. Dann fing sie an, damit zu schreiben.

Die Kreide zerbrach.

Sie versuchte es noch einmal.

Wieder brach die Kreide ab.

„Versuchen Sie es mit einem anderen Stück", schlug ich vor. Ich nahm eins aus der Schale unter der Tafel und schrieb meinen Namen schwungvoll an die Tafel. „Sehen Sie? Ist doch ein Kinderspiel", sagte ich lächelnd.

Die anderen Schüler fingen an zu kichern.

Mrs McCord riss mir das Kreidestück aus der Hand. Doch sobald es die Tafel berührte, zerbröckelte es in lauter Einzelteile.

Mittlerweile krümmten sich die anderen vor Lachen. Mrs McCord wurde knallrot. „Warum kann *ich* nicht –"

Dann unterbrach sie sich und sah mich mit zusammengekniffenen Augen an.

Ich drehte mich zur Klasse um und sagte: „Jetzt sind wir quitt!"

Zuerst befürchtete ich, dass Mrs McCord keinen Spaß verstehen würde. Doch schließlich brach sie in lautes Gelächter aus. „Das war ein toller Streich, Jill. Wie hast du denn das gemacht?“

Ich lächelte bloß geheimnisvoll und zuckte mit den Schultern.

Auf dem Weg zurück zu meinem Platz zeigte ich auf Bobby. „Du bist als Nächster dran.“

Bobby stöhnte und rutschte auf seinem Stuhl herum.

An meinem linken Ohr hörte ich eine leise Stimme, die „Pieps?“ fragte.

„Bald, kleiner Freund“, flüsterte ich. „Sehr, sehr bald.“

Als Bobby sich zu mir umdrehte, lächelte ich mein strahlendstes Lächeln. Er würde sehr beeindruckt sein von den Zaubertricks, die ich aus dem Ärmel schütteln konnte.

Oder – um es genauer zu sagen – von meiner Schulter.

Zeit für eure Geisterstunde!

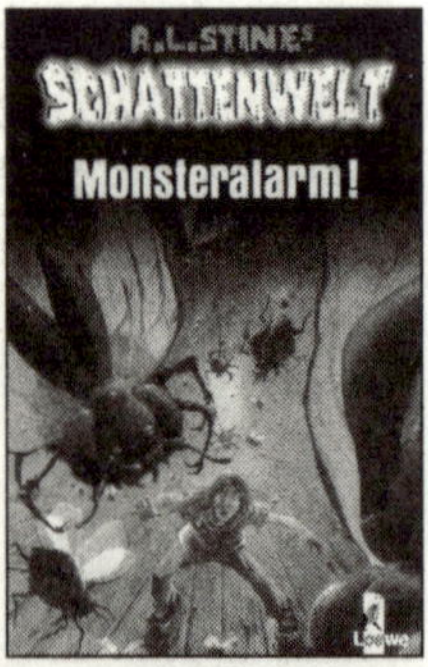

Wäre Janet nur nie auf die Idee gekommen, bei dem merkwürdigen Mr Cooney einen Ferienjob anzunehmen! Denn er hat eine Vorliebe für eklige Käfer und Spinnen. Und irgendwie erinnert auch sein eigenes Aussehen Janet an ein Insekt ...

Endlich ist sie da, die alte Ritterrüstung aus England! Sie soll die Attraktion des Gruselmuseums in der Fear Street werden. Aber Mikes Begeisterung ist nicht von langer Dauer. Ehe er sich versieht, steckt Mike mittendrin in einem Kampf gegen magische Kräfte ...

R.L.STINE'S
SCHATTENWELT
Ich krieg dich doch!

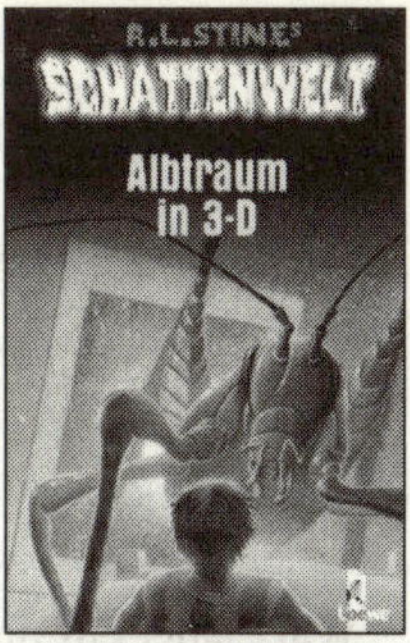
R.L.STINE'S
SCHATTENWELT
Albtraum in 3-D

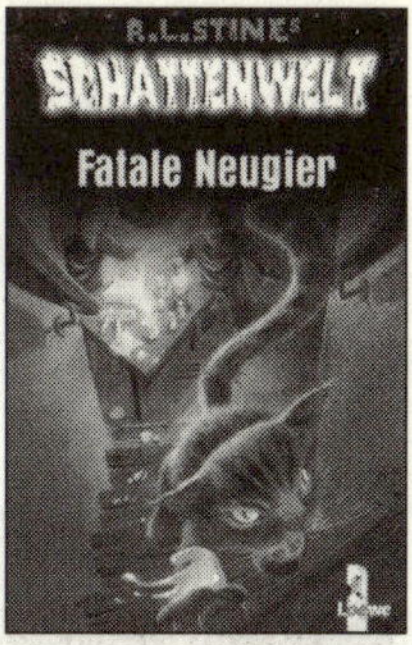
R.L.STINE'S
SCHATTENWELT
Fatale Neugier

R.L.STINE'S
SCHATTENWELT
Der Fluch des Jokers

R.L.STINE'S
SCHATTENWELT
Der Club der 13

R.L.STINE'S
SCHATTENWELT
Schwimm um dein Leben!

R.L.STINE'S
SCHATTENWELT
Die Nacht der Verwandlung

R.L.STINE'S
SCHATTENWELT
Das unheimliche Baumhaus

R.L.STINE'S
SCHATTENWELT
Die Geisterlehrerin

R.L.STINE'S
SCHATTENWELT
Verhängnisvolle Flaschenpost

R.L.STINE'S
SCHATTENWELT
Das magische Amulett

Loewe

Über R. L. Stine

R. L. Stine, der Erfinder der Reihe „Fear Street Geisterstunde“, hat nahezu einhundert gespenstische Geschichten für Kinder und Jugendliche geschrieben. Die Reihe „Fear Street Geisterstunde“ spielt, wie auch die „Fear Street“-Bände, in dem amerikanischen Städtchen Shadyside. Im Mittelpunkt stehen unheimliche Ereignisse, die die Bewohner der Fear Street erleben. Wenn R. L. Stine nicht gerade schreibt, spielt er gern Flipper an seinem eigenen Flipperautomaten oder erforscht New York City zusammen mit seiner Frau Jane und seinem Sohn Matt.